Ulrike Längle · Seesucht

COLLECTION MONTAGNOLA N° 3

Ulrike Längle

Seesucht

Roman

Collection Montagnola / Ars Littera

Die Arbeit an diesem Roman wurde durch ein Werkstipendium des österreichischen Bundeskanzleramtes/Sektion für Kunstangelegenheiten unterstützt.

Herstellung und Verlag:
BoD – Books on Demand, Norderstedt
ISBN 978-3-7322-8525-9

Inhalt

>>Was ein Dichter nicht sieht, ist nicht geschehen.<<
Elias Canetti, Nachträge aus Hampstead

>>So braucht sie denn die schönen Kräfte
Und treibt die dicht'rischen Geschäfte,
Wie man ein Liebesabenteuer treibt.
Zufällig naht man sich, man fühlt, man bleibt
Und nach und nach wird man verflochten;
Es wächst das Glück, dann wird es angefochten,
Man ist entzückt, nun kommt der Schmerz heran,
Und eh man sich's versieht, ist's eben ein Roman.<<
Johann Wolfgang von Goethe, Faust

Rattler auf dem See

Der Saisonstart war gut. Auf dem Schiff gab es Champagner. Sie gönnte sich ein Glas. Nicht weil sie sich sonst nichts gegönnt hätte, aber es war ein besonderer Tag. Die »Karlsruhe« lief aus dem Hafen von Bregenz aus, Richtung Lindau. Sie blieb bis Wasserburg an Bord. Die »Karlsruhe« trug vorne das Wappen von Karlsruhe, auf dem »Fidelitas« stand. Dr. Zeeman trank nichts. Aber auch er hatte eine Saisonkarte. Die flotte Flottencard der Bodenseeschiffahrt, mit der man auf dem ganzen See herumfahren konnte, außer auf der Fähre Romanshorn-Friedrichshafen und auf den Schiffen von Überlingen nach Bodman.

Die ersten Fahrten verliefen ruhig. Der See war glatt, der See war blau. Die Berge meist im Dunstschleier, manchmal aber auch klar sichtbar. Das Wetter schön. Die Fahrgäste alt. Oder Radfahrer.

Am 1. Mai, einem Feiertag, stieg sie um neun Uhr zwanzig aufs Schiff. Mit sich hatte sie einen Roman, den sie durchlesen wollte. Sie bestellte einen Kaffee und machte es sich auf dem Deck bequem. Als sie mit dem Roman halb fertig war, waren sie in Konstanz angekommen. Sie ging an Land, kaufte sich ein Eis und fuhr mit dem gleichen Schiff wieder zurück. Es war die »Vorarlberg«. Den Roman hatte Anna Katharina Matt selbst geschrieben.

Das nächste Mal fuhren sie bis Nonnenhorn. Dr. Zeeman, der den schönen und seltenen Vornamen Marinus trug, schlug vor, ein Eis bei der Konditorei Lanz zu kaufen, am Eisfenster. Nuß und Malaga. Malaga schmeckte ihr am besten. Bei der Rückfahrt stieg Dr. Zeeman in Bad Schachen aus. Vorher, in Wasserburg, kam regelmäßig die Grabfrage zur Sprache. Dr. Zeeman wollte um jeden Preis ein Grab in Wasserburg. Mit Seeblick. So wie Johannes Baumgartner, der Pfarrvikar.

»Früher, als wir hier mit dem Schlauchboot entlanggefahren sind, in den Ferien, da hat man gesehen, wie unterhalb der Friedhofsmauer die alten, ausrangierten Grabsteine im Wasser lagen. Nichts als Grabsteine. Die haben sie einfach in den See geworfen.«

»Ist das nicht Verschwendung?«

»Das dient auch zum Schutz für die Halbinsel.«

»So sorgen die Toten für die Lebenden.«

Es war ein Freitagnachmittag. Anna Katharina fuhr weiter nach Lindau. Das Schiff näherte sich dem Hafen, der bekannten Zweiergruppe von Leuchtturm und steinernem bayerischem Löwen. Man hörte Schreie und Gejohle. Völlig ungewohnte Laute auf dem sonst friedlichen See. Das Schiff passierte die Hafeneinfahrt. Horden von rot-schwarz-grün gekleideten Menschen schrieen etwas Unverständliches und schwenkten eine Fahne. Horden von Polizisten flankierten sie. Bayerische Polizei und bayerische Gendarmerie sowie Sicherheitskräfte aus Baden-Württemberg. Anna Katharina erkannte den Unterschied an dem Wappen, das sie auf den Schulterklappen trugen. Die drei staufischen Löwen übereinander für Baden-Württemberg, ein Löwe für Bayern. Ihr wurde unheimlich. Wahrscheinlich eine rechtsextreme Demonstration. Das Geschrei war laut und unverständlich. Sie legten an. Die Bootsbesatzung und die Sicherheitskräfte am Ufer verständigten sich per Funk. Dann wurde die Landebrücke ausgelegt. Die Horde kam aufs Schiff. So etwas hatte Anna Katharina noch nie erlebt. Die Horde drängte aufs Oberdeck, wo sie sich aufhielt.

Das Schiff war die »Vorarlberg«, das Prachtstück der österreichischen Bodenseeflotte und das größte Bodenseeschiff überhaupt, seit die »Allgäu« außer Dienst gestellt war. Jedenfalls das längste. Am meisten Passagiere faßte die »Austria«. Zwanzig Polizisten kamen mit an Deck. Sie näherte sich dem Kordon, der die grölende und schreiende Truppe bewachte, und sagte, sie würde gerne da durch.

»Wollen Sie da wirklich hinein?« fragte ein Polizist.

»Klar, ich fahre immer auf diesem Deck.«

Vor ihr stand ein schmächtiger Jüngling und schrie:

»Wir wolln ins Puff, rasierte Mösen sehn.«

So hatte sie sich Rechtsextreme nicht vorgestellt. Alle hatten Bierdosen in der Hand. Die meisten trugen Leibchen mit der Aufschrift: »Tirol Milch« und »FC Tirol«. Sie fragte einen Polizisten, Schlagstock und Pistole im Gürtel, was das für

Leute seien. Es waren Fans des »1. FC Tirol«, früher »Wacker Innsbruck« genannt, die zu einem Spiel ihrer Mannschaft nach Bregenz gekommen waren und vorher einen Ausflug nach Lindau gemacht hatten. »Alles außer dem ›FC Tirol‹ ist Scheiße«, skandierte jetzt eine Gruppe. Auf dem Schiff standen die bewaffneten Polizisten, hinter ihr fuhr das bayerische Polizeiboot »Hecht«, als sie den Hafen verließen. So war sie noch nie in Bregenz eingefahren. Die meisten der Fans waren ziemlich jung, ein paar sahen gefährlich aus. Ein schwarzhaariges, braungebranntes junges Mädchen schwenkte die Fahne. »Ein richtiges Flintenweib«, dachte Anna Katharina, »sicher eine echte Rattlerin.« Rattler, die Unterschichtler von Innsbruck. Die echte Rattlerin war eine Vorarlbergerin und kam aus Bludenz. Ein paar von den Fans unterhielten sich mit den Polizisten. Ein Polizist erklärte Anna Katharina, daß die Fans letztes Jahr im Suff das Innere des Schiffes angezündet und alles zertrümmert hätten, deshalb die Sicherheitsvorkehrungen. Sie stand mitten unter ihnen, umgeben von zwanzig Polizisten mit Schlagstöcken und Pistolen und eskortiert vom bayerischen Polizeiboot »Hecht«. Ab und zu grölte wieder einer der Fans: »Wir wolln ins Puff, rasierte Mösen sehn.« Ansonsten verlief die Fahrt friedlich. Sie stieg mitten unter den Rowdies aus und wurde mit ihnen gefilmt. Hielt man sie auch für einen Fan des 1. FC Tirol?

Dann kam das Gewitter. Diesmal wieder auf der »Karlsruhe«. In Lindau goß es so, daß man unmöglich aussteigen konnte. Der Regen schwappte über Deck, rieselte in Rohren vom Dach herab und schlug gegen die Fenster. Der Kapitän machte eine Durchsage und erwähnte, daß man an Bord auch billig Regenschirme erstehen könne. Sieben Stück seien noch vorhanden. Sie fuhr bis Kressbronn, dort war es wieder ruhiger. Auf dem Schiff verspeiste sie eine Weißwurst mit Breze. Sie kostete acht Mark fünfzig. Sie wurde nicht einmal seekrank.

Am letzten Samstag war sie mit Dr. Zeeman von Konstanz zurückgefahren. Sie hatten in der Universitätsbibliothek gearbeitet. Auf der Mülltonne in der Uni stand:

»Bitte die Mülltonne zwischen 12 Uhr 45 und 13 Uhr 30 freihalten!«

Auf dem Bus in die Stadt zurück war zu lesen:

»Gib der Zukunft ein Gesicht: werde Stukkateur.«

Im Bus saßen zwei kleine Buben hinter ihnen. An einer Haltestelle stieg ein Paar ein, sie gefärbte blonde Haare, Tätowierung am Unterarm, Gesicht mit tiefen Pickelnarben, er mit Gliederarmband, Typ Zuhälter. Sie rochen nach Schweiß und Alkohol. In der Nähe saßen zwei Asiaten, ein junges Pärchen. Anna Katharina war so beschäftigt, möglichst luftsparend einzuatmen, um dem Gestank zu entgehen, daß sie gar nicht merkte, was um sie herum vorging. Plötzlich stand die Frau auf, ging zu den beiden Buben und schrie sie an:

»Euch haben eure Eltern wohl zu wenig verprügelt. Was ihr da gesagt habt, das war rassistisch. Wenn ihr nicht aufhört, gehe ich zum Fahrer. Ihr gehört ordentlich durchgehauen.« Der Zuhälter blickte verlegen, eine schüchterne Knabenstimme sagte:

»Sie dürfen uns aber nicht verhauen«, dann stiegen alle aus. Der Zuhälter murmelte noch »Genetischer Müll« und trollte sich mit seiner Begleiterin.

In Konstanz war Turnfest. Am Hafen, vor der Statue des Grafen Zeppelin als Wieland der Schmied, hinten Flügel, vorne nicht einmal ein Feigenblatt, war eine Tribüne aufgebaut, Musik dröhnte. Dann die Ansage:

»Sie sehen jetzt die Jazztanzgruppe der TG Schwenningen unter Bärbel Kiechle, Mitglied im Schwäbischen Turnerbund.«

Auf die Tribüne kletterten zehn Mädchen, in schwarzen Trikots mit silbernen Streifen. Die Ansage war englisch. Dann machten sie ihren Jazztanz. Graf Zeppelin, hinten Flügel, vorne nichts, sah auf sie hinunter. Die Mädchen bewegten sich flott, es wirkte alles sehr amerikanisch. Und so folgte eine Truppe auf die andere, alle Mitglied im Schwäbischen oder Badischen Turnerbund, alle mit Ansage auf englisch und rhythmischen Verrenkungen zu lauter Musik.

Diesmal war das Schiff die »Austria«. Im Hafen lag die »Königin Katharina«. Die zwei Striche auf dem ö bildeten eine Krone. In Kreuzlingen hatten sie die »Arenenberg« gesehen, ein Schweizer Schiff, das vorne ein gekröntes und von Lorbeerzweigen umgebenes H trug. Nicht H wie Heck, es war ja am

Bug, sondern H wie Hortense, die Stieftochter von Napoleon. Die »Mainau« trug vorne den Namen MAINAU in gebogener Schrift über einer Krone. Monarchistische Reminiszenzen allüberall. Hatte vielleicht die »Graf Zeppelin« außer dem Namen auch noch einen aristokratischen Touch? Bis Meersburg war das Schiff gerammelt voll, dann ging es. Die Insel Mainau zog die Passagiere ab. In Meersburg lagen sie ziemlich lange im Hafen, bis die ewignichtendenwollenden Kolonnen von Radfahrern, Familien mit Kindern und sonstigen Touristen aus- und eingestiegen waren. Auf dem Deck, auf dem sie standen, hörte man die Unterhaltung der Besatzung, der österreichischen Besatzung. Alles im Vorarlberger Dialekt, nur dazwischen immer wieder BACKBORD und STEUERBORD auf Hochdeutsch. In Friedrichshafen stiegen zwei junge Frauen zu, kurze Kleidchen, eines mit schwarzen, eines mit rosa Rosen, hohe Schuhe mit Plateausohlen, wie man sie sonst kaum mehr trug, aufgesteckte Haare mit vielen kleinen Kämmchen und eine auffallend bleiche Hautfarbe, als ob sie ständig in geschlossenen Räumen arbeiten würden. Vermutlich liegend. Vielleicht waren sie aber auch von einem Kirchenchor. Eine trug einen eintätowierten Drachen über dem linken Knöchel. Dann noch ein Pärchen, zwei ungefähr zehnjährige kleine Buben mit Lederhosen und Sandalen und rosa Hemden. Zwillinge. So etwas hatte Anna Katharina schon ewig nicht mehr gesehen. Lederhosen an kleinen Buben!

Marinus meinte:

»Hast du den Zuhälter nicht gesehen? Der hat doch dauernd an der Reling gelehnt, ein fetter, langhaariger Typ mit Kettenarmband und Tätowierungen.«

Schon wieder ein Zuhälter. Sie hatte ihn nicht gesehen. Genausowenig wie den dritten kleinen Buben, ebenfalls mit Lederhose. Er war kleiner, es waren also keine Drillinge.

In Wasserburg sprang der Hafenmeister herbei, um die Landebrücke an das Schiff anzulegen. Es war ein älterer Mann, der dem alten Goethe glich wie ein Ei dem anderen.

»Das Grab mit Seeblick kann ich vergessen. Es ist bereits alles ausgebucht auf diesem Friedhof.«

»Schreib doch deinen Roman über Hermann den Cherusker, dann wirst du berühmt und bekommst ein Ehrengrab mit einer Kopie des Hermann-Denkmals aus dem Teutoburger Wald. Hier auf dem Friedhof.«

»Eigentlich hast du recht. Dieser Schuppen vor dem Pfarrhaus, der ist völlig überflüssig, da könnte man doch noch viele Gräber unterbringen. Und für mich ein Ehrengrab, mit Denkmal.«

Am nächsten Tag wartete eine e-mail-Botschaft auf Anna Katharina, die Marinus abgeschickt hatte:

Als die »Karlsruhe« das Postlerschloß Alwind passierte, an dessen Badestrand gerade eine gebräunte Postlerin (sie tauften sie später »Alwine«) den immer noch recht kalten Fluten entstieg, entspann sich eine lebhafte Diskussion über die Etymologie dieses Namens, der ins Mittelalter zurückgeht. Sie vermuteten, daß auf der erhöhten Lage des Schlosses alle Winde zusammentrafen und dem Erbauer des ersten Schlosses Hans von Höchst diesen Namen regelrecht eingeblasen hatten. Die These wurde von den Touristen laut belacht. Eine sächsische Urlauberin beklatschte sie als herrliche Volksetymologie, wußte aber auch keine bessere Erklärung. Wenn sie geahnt hätte, daß auch die historische Form Aalwend belegt ist, hätte sie möglicherweise die Hypothese gefunden, daß hier die Bodenseeaale auf ihrem langen Weg zu wenden pflegten. Aber warum gerade hier? Weil der Schloßherr am Ufer aus lukullischen Erwägungen zahlreiche Aalreusen aufgestellt hatte, mit denen die Aale unliebsame Erfahrungen gemacht hatten? Aber warum sollten die Aale ausgerechnet da wenden, wo sie an das Ziel ihres eigentlichen Lebenszweckes gelangten? Es gäbe noch andere Deutungen, denen jedoch allemal die Alle-Winde-These vorzuziehen ist; denn diese kann sich nicht zuletzt auch darauf berufen, daß in Lindau auch der Hausname »Alle Winde« bezeugt ist.

Fröhlich – farbig – flott – fantastisch

Im Moment mußten in Baden-Württemberg Pfingstferien sein. Die Schiffe wimmelten von Urlaubern. Nicht nur alt. Nicht nur Radfahrer. Auch schulpflichtige Kinder mit Eltern. Kürzlich war die »Karlsruhe« so voll gewesen, daß sie auf dem Vorderdeck nicht, wie gewohnt, auf Stühlen an der Reling sitzen konnten, sondern mit der Bank Vorlieb nehmen mußten. Aber nur bis Lindau. In Lindau ging das Gros von Bord. Anna Katharina holte sich ein Weizenbier und den »Südkurier«. Obwohl Dienstag war, stammte der »Südkurier« noch vom Montag, mit großen Berichten über das Turnerfest in Konstanz. Auf dem Titelblatt ein Foto mit fahnentragenden Turnerinnen und Turnern, daneben ein Text, in dem vermerkt war, daß die Polizei mit dem Verhalten der Turner sehr zufrieden gewesen sei. Im Inneren dann Berichte: selbst in der Kirche hätten die Turner geturnt, zur Ehre Gottes. In St. Stephan. Auf dem Foto sah man fünf Turnerinnen in langen, wallenden Gewandern mit langen, hellen Schals.

»In St. Stephan wurden 1498 zehn Juden aus Stein am Rhein getauft. Gleich nach ihrer Ausweisung. Weißt du, was Schabbesdrähte sind?«

Marinus blickte sie erwartungsvoll an, aus seinen hellblauen Augen in seinem großen, runden Kopf. Anna Katharina wußte es nicht.

»Am Sabbath darf man nicht arbeiten und nicht einmal herumgehen. Bei strenggläubigen Juden. So wie die Mönche Biber als Fische verspeist haben, in der Fastenzeit, weil sie einen schuppigen Schwanz haben, genauso haben die Juden das Gebot umgangen, indem zwischen den Judenhäusern die Schabbesdrähte gespannt wurden. Innerhalb dieser Drähte durften sie sich bewegen.«

»Erinnert mich an den Lustenauer Hüterbub, die elektrischen Drähte, zwischen denen die Kühe herumgehen dürfen.«

Anna Katharina wandte sich wieder der Zeitung zu. Dort wurde noch die Frage aufgeworfen, ob sich der Badische und der Schwäbische Turnerbund vereinigen sollten. Die Stimmung war

15

eher dagegen. Und dann entdeckte sie das Motto: »Fröhlich – farbig – flott – fantastisch«. So waren die Turner heute. Einzig das »fröhlich« hatte die Zeiten unbeschadet überstanden, seit dem »Frisch – fromm – fröhlich – frei« des Turnvaters Jahn. In Nonnenhorn verzichteten sie diesmal aufs Eis. Malaga gab es sowieso nicht.

»Es soll nicht zum Laster werden«, meinte Dr. Zeeman. Vermutlich dachte er, daß es wenig zu seinem abendlichen Bier paßte. Statt dessen studierten sie die verschiedenen Tafeln am Landesteg. Am besten gefiel ihnen: »Zutritt nur für Hafenlieger« bei den Segelbooten. In Wasserburg, der alte Goethe kam wieder herbeigesprungen, zählten sie die Ratten, die das Schiff verließen. Es waren glatte sechzig Stück, keine einzige Fahrradratte. Nur vier gingen an Bord.

Am Postlerschloß Alwind badete diesmal kein Postfräulein. Es war ein Postmann, Alwin. Er trug Badehosen bis zum Knie, hinter ihm verlief die imposante Treppenlinie bis zum Schloß hinauf. Marinus verließ das Schiff in Bad Schachen:

»Hast du das mitgekriegt, was da los war, am letzten Sonntag, als der Hafenjüngling nicht da war, um die Landebrücke auszulegen?«

Anna Katharina hatte nichts mitgekriegt, weil sie nicht ausgestiegen war, sondern auf der seeseitigen Seite des Schiffes die Aussicht und die Sonne genossen hatte.

»Da war so ein Rentner, der hat die Landebrücke angelegt, und seine Frau hat mit ihrem Krückstock wieder und wieder auf ihn eingeschlagen und geschrien: ›Laß das, laß das, das ist doch viel zu anstrengend für dich.‹ Der Rentner hat nur gelacht und gemeint: ›Endlich ist was los!‹ An Bord rezitierte ein Matrose den Werbeslogan der BSB: ›Wir verschaffen Ihnen einen Erlebnisurlaub.‹ Der Hafenjüngling muß verschlafen haben. Wahrscheinlich drogensüchtig.« Auch heute war der Hafenjüngling nicht da, sondern ein anderer.

In Lindau gingen die vorletzten vierundfünfzig Ratten von Bord. Doch stiegen zwölf zu. Das letzte Stück bis Bregenz und wieder zurück nach Lindau hieß die Dämmerschoppenfahrt. Zur Fahrkarte gab es einen Gratisdrink. Aber nicht für Anna

Katharina Matt mit ihrer Flottencard. Schon zum zweiten Mal sah sie die alte Mutter im Rollstuhl, geschoben von ihrer nicht so alten Tochter, blonder Zopf, in der Mitte des Hinterkopfes abgebunden, Goldrandbrille. Gestern hatte sie ein Kleidchen getragen, heute kurze Shorts und Stöckelschuhe. Anna Katharina stellte sich auf das erste Oberdeck, in die Mitte, und blickte auf die breite Heckwelle, auf der sich Lindau immer mehr entfernte.

Heute kam Marinus von Meersburg, und sie trafen sich in Bregenz. Anna Katharina war in der Zwischenzeit in Sardinien gewesen, und der Bodensee kam ihr sehr klein und friedlich vor. Die Touristenscharen waren auch hier noch dichter geworden. Zum ersten Mal wurden auf dem Schiff die Karten kontrolliert. Sie waren verspätet, deshalb stiegen sie in Nonnenhorn aus, um das Gegenschiff nach Wasserburg sicher zu erreichen. Wasserburg, Hydropolis, Nekropolis, der ersehnte, doch (noch) verweigerte Grabesort! Der alte Goethe legte wieder die Landungsbrücke aus. In natura war er sehr klein, doch die Kopf form stimmte. Sie verpflegten sich am Kiosk mit einem Eis und einer Bockwurst und schlenderten auf den Friedhof.

»Hier ist doch noch genug Platz«, meinte Marinus. An der Mauer Richtung See war sogar ein echtes Seemannsgrab mit einem Bodenseekapitän. Dr. Zeeman stieg in Bad Schachen aus. Er bewohnte ein Zimmer im Hotel Bad Schachen. Mit Seeblick. Er konnte sich das leisten. Er war Archivar bei einem großen Margarinekonzern in Holland und verbrachte einen Studienaufenthalt kombiniert mit Urlaub am Bodensee. Tagsüber saß er im Firmenarchiv von Happ-Käsle. Das jedenfalls hatte er Anna Katharina erzählt.

Am Samstag goß es in Strömen. Trotzdem machte sie sich auf den Weg zum Hafen, um nach Lindau auf den Markt zu fahren. Diesmal erwischte sie die »Österreich«. Kaum Passagiere an Bord. Sie wendeten nach der Hafenausfahrt, um dann zügig vorwärtszukommen. Ein jugendlicher Matrose mit Ohrring in einem Ohr stand neben ihr auf dem Deck.

»Ein schönes Schiff, die ›Österreich‹.«

Anna Katharina hielt ihren Regenschirm gegen die durch

17

die Fahrgeschwindigkeit wie kleine Geschosse attackierenden Regentropfen.

»Wenn Sie wüßten, wie die vorher ausgesehen hat. Die war außen mit Eisenbahnschienen verstärkt, als Kriegsschiff.«

»Kriegsschiff? Waren denn auf dem Bodensee Schlachten?«

»Das nicht, aber 1938 sind die Schiffe zur deutschen Reichsbahn gekommen, und da wurde sie umgerüstet. Aber früher, da war sie noch viel schöner. Die ›Österreich‹ ist das älteste motorisierte Bodenseeschiff mit zwei Decks. Wenn Sie hineingehen, im oberen Salon, da hängt ein Gemälde, wie sie früher war. Das hat mein Großvater gemalt.«

»Ich finde, die österreichischen Schiffe sind sowieso die schönsten.« Anna Katharina konnte eine Aufwallung von Nationalstolz nicht unterdrücken.

Der Matrose fand es auch.

»Und das schrecklichste ist die ›Graf Zeppelin‹, die sieht aus wie ein Panzer oder eine Fähre. Vollkommen abgeschlossen, häßlich, klobig, schwer«, sagte sie zum Abschluß.

Dann stieg sie in den oberen Salon, und da hing tatsächlich ein schönes Bild eines eleganten Schiffes auf blauen Wellen. Die »Österreich«, wie sie früher gewesen war. Die Aussicht war heute ganz verändert. See, Landschaft am Ufer und Himmel gingen in verschiedenen Grautönen ineinander über. Die Wolken hingen so tief, daß man nicht einmal den Gebhardsberg sah, geschweige denn die Schweizer Berge. Der Regen fiel monoton und lautlos, die Wolkenmassen türmten sich Grau in Grau auf, als ob die Pechmarie ein Federbett ausgeschüttet hätte. Alles war still und weich und ruhig.

Am nächsten Tag, es war ein Sonntag, bestieg Anna Katharina die »Austria« bis Lindau und stieg dann auf die »Karlsruhe« um, auf dem Weg nach Langenargen. Es regnete, aber heute hingen die Wolken nicht mehr so tief. Der Himmel wirkte wie graues Glas. Marinus stieß in Lindau zu ihr und erzählte Schiffserlebnisse, die er in der Zwischenzeit gehabt hatte: In Meersburg hatte ein Schwan junge Enten attackiert, die Touristen hatten das Geschehen tatenlos umstanden, bis eine Dame im Ruderboot dazwischengefahren war, angefeuert von den Feriengästen. Die Enteneltern versuchten im Sturzflug, den Schwan zu verscheuchen, wagten sich aber nie ganz in seine Nähe.

In Langenargen feierte der Museumsverein sein 25jähriges Jubiläum, im Spiegelsaal des Schlosses Montfort. Anna Katharina saß in einer der vorderen Reihen, neben einer Arztwitwe aus Meersburg, wie sie ihr erzählte. Auf dem Sessel daneben, am Rand, lag ein Blatt Papier, auf dem zu lesen stand: Seine Königliche Hoheit Herzog Ferdinand von Württemberg. Sie spähte immer wieder neugierig nach links, und dann kam er, der Herzog, ein älterer Herr im Anzug, schmal, klein, mit weißem Schnurrbart. Die Dame neben ihr begann einen Schwatz mit ihm, Anna Katharina hörte Fetzen wie:

»Da bin ich geboren, auf dem Schloß Carlsruhe, Carlsruhe mit C. Ich habe Forstwirtschaft studiert, das gehörte damals noch zur Mathematik, zur naturwissenschaftlichen Fakultät.«

Inzwischen nahm das Festgeschehen seinen Lauf, mit Festreden und Grußadressen, alles »mit der Uhr in der Hand«, und musikalischen Interventionen des Museumsquartetts, das heute ungarische Komponisten spielte, weil der große Sohn von Langenargen, Franz Anton Maulpertsch, die meisten seiner Werke in Ungarn geschaffen hatte.

Ein Festredner aus der Schweiz erwähnte einen Brief von Jacob Burckardt, Ende des 19. Jahrhunderts geschrieben, in dem dieser sich über das ständige Feiern beschwerte und konstatierte: »Ein Dämon treibt sie an, ständig irgendetwas zu feiern.«

An dieser Stelle machte der Redner eine Pause. Zuerst herrschte Stille im Publikum, dann plötzlich Gelächter. Und dann fügte der Redner, ein eierköpfiger Herr mit kurzen, grauen Haaren und Brille, noch im St. Galler Dialekt hinzu:

»I säg nünt – und sebb dar i säga.«

Plötzlich stand die Königliche Hoheit auf und ging. Die Arztenswitwe neben Anna Katharina wandte sich zu ihr und sagte:

»Jetzt het der doch die ganze Zeit mit mir g'schwätzt, und jetzt isch er einfach gange, ohne Ade zum sage.«

Anna Katharina nickte ihr bedauernd und verständnisvoll

»Vielleicht fühlt er sich nicht wohl. Oder es dauert ihm zu lange.«

»Er isch aus dem gleiche Ort, wo mein Vater Arzt war, aus Schwäbisch Gmünd. Aber Ade hätt' er doch sage könne.«

Schließlich schloß sie mit dem Satz: »Die sind halt andersch wie mir, die Blaublüetler.«

Sie teilte ihr dann noch mit, daß sie mit einem fast neunzig-jährigen Bibliothekar im Briefwechsel stehe:

»Aber jetzt hett er Blasekrebs«, flüsterte sie ihr zu, und: »Mir kommet alle auf d'Welt zum Sterbe – aber doch nit glei!«

Am nächsten Tag fand Anna Katharina Matt in ihrer Mailbox wieder eine Botschaft von Marinus:

Bei völlig ruhigem See plätscherte das Motorschiff »Austria« am renovierten Schloß von Langenargen vorbei. Ein älterer Herr, der seiner Gruppe mit seinen ständigen Belehrungen wohl etwas auf die Nerven fiel, aber immer wieder gerne gehört wurde, glaubte, es würde sich bei dem Ort am Ufer wohl um Langenargen handeln, war sich seiner Sache aber so lange nicht sicher, bis der Bordlautsprecher als nächste Anlegestelle Langenargen ausrief. Da strahlte er, sich bestätigend, und hub an, seinen Reisegefährten die folgende Geschichte zu erzählen: Also, das Schloß habe mal einem Grafen gehört, der völlig verarmt gewesen sei. Kurz vor seinem Tod habe der aber seine letzten Groschen zusammengekratzt, um noch einmal ein festliches Mahl zu sich zu nehmen. Danach sei er im Schloß gestorben. Auf dem Totenbett habe der Graf aber seiner Frau die Rezepte aller Gerichte diktiert, die bei seiner Henkersmahlzeit auf den Tisch gekommen waren. Und dieses handschriftliche Diktat habe dann irgendsoein Bäcker aus Langenargen namens Sepp oder so ähnlich an sich gebracht und unlängst als Buch herausgegeben, damit auch unsere Zeitgenossen sich diesen Genüssen hingeben könnten. Einer seiner Zuhörer hätte ihn gerne darauf hingewiesen, daß es sich vermutlich weniger um Langenargen als um das im Hinterland liegende Tettnang gehandelt habe, wo der Graf verarmte, speiste und starb, aber er ließ es eine gute Rede sein und dachte nur, wie bevorzugt doch alle am See liegenden Orte sind, denn die Orte im Hinterland nimmt man bei einer Schiff-fahrt nicht wahr.

Hydropolis – Nekropolis

Einige Tage später begab sich Anna Katharina allein an Bord.
Die Droge See-Sucht begann zu wirken. Inzwischen hatte der
Fahrplan gewechselt. Mit der »Karlsruhe«, die nun überfüllt
war mit Touristen – sie fand nur mehr auf der Kiste einen Platz,
in der die Schwimmwesten aufbewahrt wurden, eingeklemmt
zwischen einer Gruppe von norddeutschen Mädchen – gelangte
sie bis Lindau. Dort stieg sie um, auf ein Schweizer Schiff, die
»Zürich«, die als »Dessert Liner« getarnt, ebenfalls ein besonderes Erlebnis versprach. Alles war verspätet, weil vor allem die
Schlange der Radfahrer beim Ein- und Aussteigen kein Ende
nahm. Die »Zürich« war türkisfarben-scheckig gestrichen, wie
Wasserwellen von unter der Oberfläche aus gesehen, trug auf
dem Dach stilisierte Palmen und eine Werbung für Frisco-Eis
und stammte aus dem Jahre 1933. Sie ließ sich zwei Kugeln,
Stracciatella und Himbeere, geben und setzte sich vorne aufs
Oberdeck. Es herrschte herrliches Wetter, blauer Himmel,
blauer See, doch es schien ein Tag zu sein, an dem alle Schüler
aus den Schulen geflohen waren. Neben ihr, gerade so, daß sie
ihr nicht auf den Schoß fielen, rauften drei Schweizer Buben.
Anna Katharina dachte:

»Wenn du jetzt etwas sagst, bist du alt, jugendfeindlich.«

Sie raffte sich aber doch zu der Frage auf, ob die drei nicht
woanders streiten könnten. Verblüffte Stille. Plötzlich benah-
men sie sich ganz manierlich. War sie nun alt? War sie etwa
eine Autorität?

Das Eis schmeckte ihr ganz vorzüglich. Sie stieg hinunter
in die Damentoilette, um sich die klebrigen Finger zu waschen.
Hinter dem Handlauf für die geschwungene Treppe befand
sich ein Wandschrank für Rettungsschwimmwesten. Die Tür
ließ sich vielleicht 10 cm weit öffnen, dann wurde sie durch den
Handlauf blockiert. Falls sie sänken, könnte man sich die Zeit
bis zum Tod in den Wellen mit dem Versuch vertreiben, eine
Schwimmweste durch den schmalen Spalt zu zerren. Im Toi-
lettenvorraum war es heiß, die Maschine dröhnte, und durch
die vier Bullaugen knapp über dem Wasserspiegel sah man

das Bodenseewasser aus nächster Nähe im Rausch der Fahrgeschwindigkeit vorbeispritzen.

In Wasserburg stieg sie aus. Sie wartete nicht auf die »Karlsruhe«, die inzwischen über Bad Schachen dem Ufer entlang kroch, weil sie befürchtete, wegen der Verspätung das Gegenschiff in Nonnenhorn zu versäumen. Dann säße sie dort fest. Der »Dessert Liner« mit den Palmen auf dem Dach drehte ab und fuhr quer über den See nach Rorschach davon. Sogar von hinten machte er einen optimistischen Eindruck. In Wasserburg herrschte wieder die vertraute Bodenseestimmung: Vorwiegend ältere Herrschaften saßen auf den Bänken oder spazierten umher. Sie schlenderte an Land, von der angenehm warmen Luft umweht, und nahm dann den schmalen Weg direkt an der Hafenmauer entlang, fast auf Höhe des Wasserspiegels, auf dem in Martin Walsers »Springendem Brunnen« die Kinder zur Erstkommunion gehen. Ein Tourist, der ihr entgegenkam – Mephisto-Schuhe, helle Hosen, Polohemd und Rucksack – drückte sich an die Wand; sie ging kühn an der Wasserseite an ihm vorbei. Wenn der See noch weiter stiege, würde dieser Weg bald überflutet sein.

Zurück auf dem festen Land, spazierte sie anschließend zum Friedhof. Vor dem Eingang stand eine riesige Eiche. Sie hob den Kopf und erblickte das Schild, das besagte, daß dies eine Friedenseiche sei, gepflanzt im Mai 1871. So alt wie das zweite deutsche Reich. Nach einem Blick auf das Grab von Horst Wolfram Geißler, der 99 Jahre alt geworden war – wird man älter, wenn man heitere Bücher schreibt? –, ging sie zur Kirche und spähte durch die Tür. Weihrauchgeruchsschwaden schlugen ihr entgegen, aus dem Inneren drang Rosenkranzgemurmel von alten Frauen. Sie ergriff die Flucht und wandte sich zum Grab der Familie Walser, das sich hinter zwei Zypressenbäumen versteckte. Wenn sie den Kopf drehte, konnte sie durch die Scharten in der Friedhofsmauer auf den blauen See hinausblikken, die Wellen klatschten an die Steine.

Sie schlenderte weiter, um die Kirche herum und am Pfarrhaus vorbei. Vor sich sah sie ein Polizeiauto. Ein älterer Herr und eine Frau und neben den beiden ein sehr alter

Herr, klein und verlegen, versuchten, dem Polizisten etwas zu erklären.

»Sein Bus muß jetzt in Langenargen sein. Können Sie dem nicht nachfahren oder ihn aufhalten? Sie haben ihn hier einfach vergessen. Er ist 88. Der Bus fährt weiter nach Zürich.«

Sie mußte aufs Schiff, sonst hätte sie die Unterhaltung noch länger verfolgen können. Doch als sie am Ende des Landesteges angelangt war, war weit und breit kein Schiff zu sehen. Alles verspätet. Der alte Goethe unterhielt sich mit zwei Damen, selbstverständlich älteren Damen, eine mit Gesundheitssandalen, die andere mit modischen Tennisschuhen. Es klang gar nicht nach Bodensee, überhaupt nicht.

»Sind Sie vielleicht aus Sachsen?« fragte Anna Katharina.

Ein Schuß ins Schwarze: Er war aus Sachsen, und zwar aus Gera, war früher schon öfter auf Urlaub hier gewesen und wollte, als dies nach der Wende möglich wurde, hier im Alter noch eine Arbeit annehmen. Und so wurde er Hafenmeister in Wasserburg, seit 1998.

»Wenn Sie das so nennen wollen, Hafenmeister: Es ist eine Mischung aus Kartenverkaufen und Landebrücke anlegen.«

Sein Beruf gefiel ihm, lästig war nur, daß er von April bis Oktober jeden Tag antreten mußte. Für ihn gab es keine freien Wochenenden, keinen freien Tag, weil die Gesellschaft keinen Vertreter bezahlen wollte. Ein sächsischer Hafenmeister in Wasserburg!

Das Rückschiff war diesmal die »Austria«, weil nach dem neuen Fahrplan die Fahrt nach Lindau um 20 Uhr ins Wasser fiel. Das letzte Schiff schlief im Hafen von Bregenz, und deshalb war es ein österreichisches Schiff. In Lindau sah es ganz anders aus als sonst, eine Gruppe von Katamaranen war am Ufer aufgestellt, aus der Karibik oder weißgottwoher. Was die hier wollten? Ab Lindau war fast niemand mehr an Bord. Man sah heute alle Bergesgipfel, nicht nur den Säntis, sondern auch die Churfirsten und die Alviergruppe. Anna Katharina setzte sich auf die zweitoberste Stufe der Freitreppe, die vom ersten Oberdeck aufs Unterdeck führte, und fuhr rückwärts nach Bregenz. Vor ihren Augen wurden der Leuchtturm und der Löwe immer kleiner. Links und rechts begrenzte ein rot und weiß gestrichenes Geländer ihr Blickfeld, zu ihren Füßen rollte die majestätische Heckwelle wie ein Teppich als breite Spur übers Wasser. Der Boden des Schiffes war flaschengrün, das Wasser heute abend moosgrün. Ein irisches Lied mit der Zeile »The green, green grass of home« ging ihr durch den Kopf.

Der kühne Coup von Bottighofen

Am Freitag herrschte wieder der übliche Trubel im Bregenzer Hafen. Diesmal bestiegen Marinus und Anna Katharina die gute, alte »Karlsruhe«. Sie drängten sich skrupellos an der endlosen Schlange von Wartenden mit und ohne Fahrräder vorbei.

»Wir sind schließlich die werktätige einheimische Bevölkerung auf dem Weg von der Arbeit nach Hause«, meinte sie. Es gelang ihnen, noch ein Plätzchen auf dem Unterdeck, ganz vorne, zu ergattern. Auf dem Weg nach Lindau sah man diesmal ungewöhnlich viele Jachten, Motorboote und Segelboote auf dem Wasser.

»Komisch, da muß etwas los sein«, meinte sie, »wahrscheinlich das verlängerte Wochenende mit Fronleichnam.«

Sie spazierte auf das Oberdeck, und dort traf sie einen Freund aus Bregenz, einen Architekten, der auf Hochhäuser spezialisiert war, mit drei Söhnen und der zweiten Frau. Von wem die Söhne genau waren, wußte sie nicht.

»Was ist denn heute los hier?« fragte sie.

»Na, die Rundum-Regatta. Rund um den Bodensee. Um halb acht ist Start in Lindau.«

Jetzt war ihr auch klar, warum die Katamarane in Lindau Station gemacht hatten. Heute waren sie vom Ufer verschwunden. Vor Lindau sah es aus wie vor Troja, als die griechische Flotte auftauchte. Dr. Zeeman und Anna Katharina gingen von Bord und stiegen um, auf die »Zürich«, vorbei an Riesenbratpfannen, in denen bereits Krautspätzle und Champignons gerührt wurden, für den zu erwartenden Gästeandrang. Heute war die »Zürich« schulkinderfrei. Bis Wasserburg zogen sie wieder ihre Bahn durch die Mitte des Sees. Der alte Goethe brachte sie sicher an Land. Sie blieben noch ein bißchen stehen, die »Karlsruhe« mußte sie ohnehin gleich ein- und abholen. Die »Zürich« zog davon, dann, als die »Karlsruhe« schon anlegen wollte, drehte sie um und kehrte nach Wasserburg zurück. Die Leute wußten schon, was los war. Eine Radlerin hatte vor dem Einsteigen gefragt, ob das Schiff nach Langenargen ginge und als Auskunft bekommen, daß es nach Rorschach fahre. Sie war trotzdem an Bord gegangen. Der »Dessert Liner« legte wieder an, die »Karlsruhe« blieb in einiger Entfernung liegen, die Landebrücke wurde vorgeschoben, und die Radfahrerin ging von Bord. Die Leute hatten schon gemunkelt:

»Die hätte doch dort den Zug nehmen können, oder ein Gegenschiff, die hält ja alles auf.«

Dann zog die kundenfreundliche »Zürich« wieder ab, und sie durften endlich zurück auf die »Karlsruhe«, um nach Nonnenhorn weiterzufahren. Für Eis war heute keine Zeit. Obwohl das Gegenschiff, die »Austria«, auch nicht pünktlich war. Der Hafenmeister, hier kein alter Goethe, sondern ein bärtiger Mann mit Ruhrgebietsdialekt, der wie ein Seeräuber von der Ostsee aussah, rief dem Matrosen an Bord zu, der ihm das Stahlseil zuwarf, um es um den Landepflock zu winden:

»Sechs Minuten Verspätung.«

Die Antwort von Bord kam prompt:

»Wenn es die ›Stuttgart‹ wäre, wären es sechs Stunden.«

Je näher sie Lindau kamen, desto dichter wurde die Bestückkung der Wasseroberfläche mit allen Arten von Booten. Zudem war die Fernsicht wunderbar, obwohl Wolkenbänke am Himmel auf ein Unwetter hinwiesen. In der Ferne sah man sogar den Brandner Ferner und die Schesaplana, die felsige Kappe der Drei Schwestern wurde von der Sonne bengalisch beleuchtet. Vor Lindau lag die Flotte der Segelboote, die um halb acht zur 51. Rundum-Regatta starten würden. Mehrere Reihen hintereinander und über die ganze Breite des Sees hingezogen. Die meisten mit weißen Segeln, aber auch ein paar dunkelgraue bis schwarze und eins mit roten. Davor und dazwischen Motorjachten, Ausflugsschiffe, sogar zwei Paddler schlängelten sich durch. Das Ufer von Lindau bis fast Bad Schachen voll mit Menschentrauben. Das Polizeiboot »Hecht« verkündete durch ein Megaphon:

»Bitte die ›Austria‹ durchlassen. Bitte die ›Austria‹ durchlassen.«

Nun wurde plötzlich Bregenz von den Strahlen der sinkenden Sonne erfaßt, die hellen Hochhäuser verliehen der unscheinbaren Kleinstadt einen Hauch von Chicago. Schließlich konnten sie die Kurve um das Seezeichen nehmen und in den

Hafen von Lindau einfahren. Der Startschuß ertönte, die Boote setzten sich in Bewegung, langsam, aber doch deutlich sichtbar. Dieses Schauspiel hatte Marinus versäumt, der in Bad Schachen von Bord gegangen war, wie immer. Sie stieg auf das obere Deck und belauschte einen Mann in kurzen Hosen, der berichtete, wie er bei hohem Seegang und Windstärke sechs irgendeine Bootsprüfung absolviert hatte.

»Solche Wellen, das kannst du dir gar nicht vorstellen«, zeigte er mit der Hand. Der Architekt mit Frau und Söhnen war wieder an Bord gekommen, der Schnauzer der Frau zog ständig an der Leine.

»Na, wie hat es dir gefallen?« fragte sie ihn.

»Entsetzlich. Von selbst hätte ich mir das nie angetan. Es ist nur wegen der Kinder. Die wollten her, und jetzt paßt es ihnen wieder nicht. Wir geben sie demnächst in der Sendung ›Wer will mich‹ zum Verkauf frei.«

Die nächste Unternehmung führte sie wieder in die Schweiz. Marinus hatte sich ein spezielles Programm ausgedacht, den »kühnen Coup von Bottighofen«, wie er es nannte. Eigentlich müßte sie schreiben: den **K**ühnen **K**u von Botti**K**ofen, um die Bedeutung des Stabreims mit K in dieser Unternehmung hervorzuheben. Zuerst ging es mit dem Schiff nach Lindau. Dort traf sie Dr. Zeeman, und gemeinsam stiegen sie auf die »Zürich« um. Die »Zürich« brachte sie nach Wasserburg und von dort quer über den See nach Rorschach. Es war ein wunderbarer Samstagmorgen, klarer Himmel mit phantastischen Wolkenformationen, tiefe Sicht in die Berge. Im Westen flogen Fönfische über den Himmel von Langenargen in die Schweiz. Darunter häuften sich Cumuluswolken, die aussahen wie der Dampf einer riesigen Dampflok, die zwischen Wasserburg und Nonnenhorn hinter den Hügeln verschwand. In Rorschach legten sie an, um Post aufzugeben. Es war ein sonniger Samstagmorgen. Anschließend sollte es bis Botti**K**ofen per Bahn weitergehen, dort wollten sie das Tilsiter- und Apfelweinschiff »Säntis« besteigen, mit ihm bis Romanshorn und dann mit der »Zürich« nach Wasserburg hinüber ans deutsche Ufer und von dort wie üblich nach Hause fahren.

Bis Rorschach ging alles gut. Sie hatten sich die Pflichten strategisch aufgeteilt: Anna Katharina sollte am Automaten die Fahrkarten lösen, während Marinus zur Post eilen wollte. Sie löste die Fahrkarten. Da sie aber noch nicht gefrühstückt hatte, ergriff sie die Lust auf ein Kipfeli, ein Croissant, wie es nur Schweizer Bäcker herzustellen vermögen. Sie warf einen Blick auf den Fahrplan: 15 Minuten Zeit bis zur Abfahrt des Zuges. Marinus war bereits von der Post zurück, sie wollten sich zur Abfahrt wieder treffen. Anna Katharina schlenderte durch die um diese frühe Stunde noch ziemlich ruhige Hauptstraße. Weit und breit keine Bäckerei und kein Café. Schließlich entdeckte sie doch eines und erhielt ihr Kipfeli. Sie hatte noch genügend Zeit und schlenderte gemütlich kauend zurück. Am Bahnhof fuhr sie Marinus an:

»Wo warst du denn, jetzt ist der Zug weg.«

Anna Katharina war völlig verdattert, bis sie bemerkte, daß sie sich beim Blick auf den Fahrplan geirrt hatte. Marinus war sauer, weil der genial konstruierte **kühne Ku** von BottiKofen mit äußerst knapp kalkulierten Umsteigzeiten nun nicht zustandegekommen war. So fuhren sie nach Romanshorn und bestiegen dort die als »Dessert Liner« verkleidete »Zürich«. Das Tilsiterschiff legte daneben im Hafen an, und sie erfuhr vom Schiffsoffizier, der die Landebrücke einzog, daß das »Rittergold« ein Apfelwein war. Da ziemlich viel Wartezeit bis zur Abfahrt der »Zürich« zur Verfügung stand, inspizierte sie die Hafenmeisterei, ein kleines Häuschen, an dem ein Fahrrad angekettet lehnte und auf dessen Dach ein Anker und eine Windrose angebracht waren. Durch die Fenster konnte man ungehindert ins Innere sehen, besonders wenn man, wie sie, sich am schmalen wasserseitigen Rand entlangangelte: Es war kein Hafenmeister drin. An der hinteren Wand hing ein Schild »Regenmäntel für HAFENDIENST«, davor stand eine leere Bierflasche auf dem Boden. Eine Wand im Hintergrund diente als Pinnwand für »Weisungen – Zirkulare – Verfügungen«. An ihr hing die Weisung Nr. 300/2001: »Zuteilung der Schiffe«. Daneben ein großer Zettel: »Das Hafenglöggli ist wieder beleuchtet« und eine Nachricht vom 28.5.2001: »Uniform-Hemden sind eingetroffen. Sie befinden sich auf oder im Garderobenschrank Büro SBS.« Bei den Fortbildungsveranstaltungen ein Blatt »Der Kunde im Mittelpunkt – Umsetzung in die Praxis« mit einer Liste: »Was tue ich konkret, daß sich mein Kunde wohlfühlt?« Auf dem Tisch aufgeschlagen das »Thurgauer Tagblatt« mit der Meldung »Achtes Weltwunder gerettet« und einem Bild des schiefen Turms von Pisa. Auf der »Zürich« bestellte sie zwei »Rittergold«, die sie mit Marinus zur Versöhnung nach dem gescheiterten kühnen Ku von BottiKofen trank. Da es regnete, erstanden sie auch zwei Friesenpelze, außen blau, innen gelb, mit einem Emblem der Schweizer Bodenseeschiffahrt, die auf der Heimfahrt gute Dienste leisteten. In Langenargen goß es wie aus Kübeln, und sie flüchteten in das Hotel »Löwen«, wo sie sich auf der Terrasse aufwärmten, Marinus mit einem Grog mit echtem Arrack, sie mit Tee mit Rum.

»Kürzlich war ich auf der ›Zürich‹ unterwegs und habe dort eine Mutter mit Kind auf dem Vorderdeck belauscht. Das Kind hat dauernd geschrien ›Der weiße Wal, der weiße Wal‹ und wollte wieder hinein.«

Marinus nahm einen kräftigen Schluck Grog. »Vielleicht hat es Moby Dick im Fernsehen gesehen und fürchtet sich jetzt sogar auf dem Bodensee.«

Im Hafen lag die »Möwe Jonathan«, vertäut wie seit ewigen Zeiten und als ob sie nie mehr in See stechen würde. Die Strickleiter knarrte im Wind.

Die Schweiz hatte es ihnen angetan. Am nächsten Wochenende machten sie eine Monstertour: Anna Katharina allein nach Lindau, dann mit Marinus auf die »Zürich«, weiter nach Wasserburg, quer über den See nach Rorschach, weiter bis Romanshorn, quer über den See nach Langenargen, weiter bis Wasserburg und dann, wie üblich, auf der »Austria« nach Hause.

Die Schweizer waren viel mehr um die Bildung ihrer Fahrgäste bemüht als die deutschen und österreichischen Kapitäne.

»Rechts, diese hohen weißen Häuser in der Ferne, das ist die vorarlberg'sche Metropole Bregenz«, verkündete der Kapitän, und dann:

»Wir landen jetzt gleich in Langenargen, das sich durch

ein Schloß und durch eine wunderhübsche Barockkirche aus-
zeichnet. Die Fundamente des Schlosses stammen aus dem 14.
Jahrhundert, es wurde dann zerstört und im 18. Jahrhundert im
maurischen Stil wiederaufgebaut. Langenargen ist besonders
beliebt bei norddeutschen Urlaubsgästen.« Anna Katharina
fand, daß das Schloß eher wie aus dem 19. Jahrhundert aussah,
aber die Zeitrechnung vor dem Jahr 2000 war für die meisten
Leute ohnehin Glückssache.

Orakel

Mittlerweile nahm die Reiherstatistik immer mehr Raum in Anna Katharinas Bewußtsein ein. Die Reiherstatistik war eine Handlung, die an die Tradition der römischen Aurispexe anschloß, die aus dem Vogelflug die Zukunft erschlossen. Auf vielen Schiffszeichen saßen manchmal Reiher, manchmal nicht. Auch Möwen saßen auf den Schiffszeichen, aber die zählten nicht. Nur Reiher. Anna Katharina wollte versuchen, möglichst genaue Beobachtungen anzustellen und dann eine Formel aufzustellen, wie die Reiher-Reihe funktionierte. Eine Formel von der Prägnanz und Bedeutung von $E = mc^2$. Gestern z.B. waren auf der Fahrt nach Nonnenhorn die 64, 62, 56, 54 und 50 mit Reihern besetzt (Kürzel: MR), bei der Rückfahrt die 50, 51, 57, 57a, 57b und 58. Die 57 war ein Schiffahrtszeichen aus mehreren Tafeln, die im Dreieck aufgestellt waren, wahrscheinlich um ein Laichgebiet oder eine Untiefe herum. Am zuverlässigsten war der Reiher auf Nr. 50 bei der Anfahrt auf die Anlegestelle in Nonnenhorn. Immer wieder unterhielten sich Fahrgäste, ob der nun echt sei oder ausgestopft. Die gleichen Leute diskutierten auch, ob es sich bei einem hellen Wasservogel um einen Schwan oder um eine Möwe handelte. Und als in Lindau, wie immer, Tauben aufs Schiff kamen, meinte ein besonders Schlauer:

»Das ist die Lindauer Schwarzmöwe.«

Einmal äußerte sich auch ein Fahrgast vor Wasserburg, neben dem eine Frau mit einer zugepflasterten Nase saß, daß der Reiher auf Nr. 53 schon bei der Hinfahrt dortgewesen sei. Ein Blick auf ihre Aufzeichnungen belehrte Anna Katharina, daß das nicht stimmen konnte. Laienhafte Aussagen von Reiherheimatforschern! Nur die strenge Wissenschaft konnte hier zu einem Ergebnis führen.

Die Reiher interessierten Anna Katharina deshalb, weil sie sie als Orakel benutzen wollte. Zum Beispiel hätte sie gerne gewußt, ob sie den Uwe-Johnson-Preis gewinnen würde, für den sie einen Roman eingereicht hatte. Sie wählte das Seezeichen Nr. 56, und es war RF (reiherfrei). Aber vielleicht sollte man solche Zeichen nur für ganz besondere Dinge aufheben, z.B.

für die Frage der Fragen, für die man auch Gänseblümchen rupft.

Gestern hatte sie endlich das Schild an der Anlegestelle in Bad Schachen entziffern können. Der Text lautete: »Achtung! Das Baden und Bootfahren ist in einer Entfernung von 50 m von der Schiffslinie nicht gestattet. Das Hafenkommissariat.« Hafenkommissariat klang wie aus der Sowjetunion. Und das bei diesem Luxushotel! Allerdings war die Schrift kaum mehr leserlich. Bad Schachen gehörte zu Bayern, also stammte die Tafel vielleicht noch aus der Zeit der Räterepublik.

Als sie unter gewitterwolkenbedecktem Himmel auf der klatschnassen »Austria« anlegten, die irgendwo vor Nonnenhorn in einen Regenguß geraten sein mußte, warteten zwei Leute am Ufer. Weit und breit keine Spur vom Hafenjüngling. Die beiden Gäste mußten selbst die Landebrücke anlegen. Zwei andere stiegen aus, die dann die Brücke wieder ans Ufer zogen. Vielleicht war auch das noch ein Relikt aus Zeiten, als man nichts für privilegierte gesellschaftliche Schichten übrig hatte. Erst als alle weg waren, kam der Hafenjüngling in gemächlichem Tempo angeschlendert.

»Wo warscht denn?« fragte ein Matrose vom Schiff.

»Normalerweise kommt des Schiff erscht um 11 nach.«

»Wir sind ein österreichisches Schiff, wir sind schneller!« ertönte es von Bord.

Heute, auf der »Karlsruhe«, hat Anna Katharina die Reiheraufzeichnungen der letzten Tage durchgesehen. Am 26. Juni, bei der Fahrt mit der »Karlsruhe« um 17 Uhr 25, waren besetzt die Nummern 63, 57b, 55, 55a, 55b, 54, 51 und 50, dies auf der Strecke zwischen Bregenz und Nonnenhorn. Bei der Rückfahrt 50, 53, 55a, 57b, 57c und 63. Am 27. Juni hin 64, 62c, 56, 54, 50, zurück 50, 51, 57, 57a, 57b und 58. Am 28. Juni war Reiherrekord: hin einer auf dem Seezeichen vor der Lindauer Hafeneinfahrt, 64, 62a, b, c, 59, 57b, 55a, b, c, 52 und 50, zurück 50, 51, 55a, b, 57b, 58, 59 und 60. Das Wetter war wieder regnerisch, doch es fielen nur wenige Tropfen. Himmel und See eine Symphonie in Grau. Marinus stieg in Bad Schachen aus, sie waren pünktlich wie noch nie. Anna Katharina zählte

begeistert ihre Reiher weiter. In Nonnenhorn rief der Hafenmeister beim Aussteigen: »Nonnenhafen«. Sie rannte zum Café
Lanz und holte sich zwei Kugeln Nußeis, Malaga gab es schon
lange nicht mehr.

Beim Warten auf die »Austria« meinte ein korpulenter Mann
mit kariertem Hemd und Rucksack:

»Beteiligt ihr euch auch an den Wetten um das Blaue Band?
Im Oktober ist es dann so weit.«

»Es gewinnt sicher die ›Austria‹«, kratzte sich der Hafenmeister am Kopf.

»Und wieso?« fragte sie.

»Die hat das Blaue Band schon, allerdings war das letzte
Rennen schon vor ewigen Zeiten, 1954.«

Sie gingen an Bord, drei Passagiere. Inzwischen kam schon
fast wieder die Sonne durch, das Wasser schimmerte glasfla-
schengrün, das Grün dieser Zweiliterflaschen, in denen man
Weißwein verkauft, die Wolken schwarz. Der Mann mit dem
Blauen Band verwickelte Anna Katharina in ein Gespräch.

»Sind Sie Österreicherin?«

»Ja.«

»Aber nicht aus Vorarlberg.«

»Doch. Aus Bregenz«.

»Das hört man aber nicht.«

Er zeigte ihr das Bordbuch der »Austria« und der »Österreich«, beides Nachdrucke, mit vielen Fotos, z.B. die »Österreich« als Kriegsschiff mit den Eisenbahnschienen seitlich oder
am 4. Februar 1986 als Eisbrecher in der Fußacher Bucht.

»Ich bin als Kind nach Lindau gekommen«, erzählte der
Mann, »eigentlich stammt meine Familie aus einem Dorf in
Thüringen. Jetzt wohne ich in Zeisertsweiler. Als meine Mutter
gestorben ist, haben mir meine Geschwister diese Wohnung
gekauft. Ich bin arbeitslos. Schauen Sie, da drüben, in Wasserburg, da steht ein Baum, den habe ich von unserem alten Haus
aus immer gesehen. Wenn Sie wüßten, wie lange das gedauert
hat, bis ich herausgekriegt habe, wo der steht. In Bregenz auf
dem Molo, da gab es früher einen Baum, den dritten vom Ufer
aus gezählt, das war ein südlicher Zürgelbaum. Die gibt es sonst
nur in Südtirol. Jetzt ist er verschwunden.«

Anna Katharina zählte inzwischen ihre Reiher weiter. Nach Wasserburg zeigte der Mann mit dem Zürgelbaum auf das Ufer: »Sehen Sie die Stufen da? Das ist das Schloß Alwind, die Grenze zwischen Lindau und Wasserburg. Ein Posterholungsheim. Und daneben, da, wo Sie jetzt das weiße Dach sehen, da hat der Max, der Sohn vom Franz Josef Strauß, bauen wollen. Die Lindauer haben es aber abgelehnt. Er ist in Berufung gegangen, aber es wurde wieder abgelehnt. Gut, nicht?«

Sie nickte. In Bad Schachen begann er wieder zu erzählen: »Wissen Sie, ich bin evangelisch. In dem Haus neben dem Hotel, rechts, mit dem türkisen Dach, da hat ein Pfarrer gewohnt, der hat meiner Mutter immer Karten geschrieben. Als ob er in sie verliebt gewesen wäre.«

»Warum nicht«, meinte Anna Katharina, »das kommt vor.«

»Nein, ich wollte damit nur sagen, es gibt so komische Pfarrer. Aber er hat ein sehr schönes Begräbnis gemacht. Er ist mit der Familie von dem Hotel Bad Schachen verwandt. Eines der besten Hotels von Deutschland. Die besten Hoteldirektoren in aller Welt, das sind die Österreicher. Die Österreicher sind Macher.«

Anna Katharina nickte verwundert, das hatte sie noch nie gehört, daß die Österreicher Macher seien, und für die besten Hoteldirektoren hatte sie immer die Schweizer gehalten.

»Und im dem Haus da, in dem roten, im Tudor-Stil, da hat mein Bruder bei seiner Hochzeit den Kaffee gehabt. Damals war es noch ein Lokal.«

Nun kam die Baustelle auf der Insel in Sicht:

»Wissen Sie, was da gebaut wird?« fragte der Mann aus Zeisertsweiler weiter.

Sie wußte es nicht.

»Da baut der Doktor Mang. Eine Schönheitsklinik. Und die Pappel da vorne, die war früher zu zweit. Bis sie eine gefällt haben.«

Jetzt war ihr klar, warum auf den Schiffen immer wieder Frauen mit zugepflasterten Nasen als Fahrgäste zu sehen waren.

In Lindau waren sie zu früh dran und warteten bis 19 Uhr 33. Bei der Einfahrt sahen sie die »Lindau« im Hafen liegen.

Das Quiz ging weiter.

»Wissen Sie, wie die früher geheißen hat?«

»Grünten«, sagte Anna Katharina, ohne Kommentar.

Der Mann aus Zeisertsweiler war verblüfft.

»Was Sie alles wissen, das habe ich noch nie erlebt. Bei der Einweihung als ›Lindau‹ hat mein Bruder Trompete gespielt.« Dann ging er von Bord, winkte ihr aber vom Ufer aus noch einmal zu.

Zwei schwerbepackte Damen kamen aufs Schiff, sie hatten in Lindau kein Hotelzimmer mehr gefunden, weil Nobelpreisträgertagung war, erzählte ihr ein Matrose.

»Jetzt suchen sie in Bregenz ein Zimmer. Sonst schlafen sie bei uns, auf dem Schiff.«

»Wettet ihr auch mit beim Blauen Band?« fragte der Herr aus Zeisertsweiler vom Ufer aus.

»Es gewinnt sicher ein österreichisches Schiff«, meinte der Lindauer Hafenmeister.

»Warum?« fragte Anna Katharina.

»Die Österreicher haben die schnellsten Schiffe.«

Von oben, von der Kommandobrücke aus, meldete sich der österreichische Kapitän:

»Die ›Arenenberg‹ ist auch schnell. Mit der muß man rechnen.«

Die drei Erdbeeren

Nun haben Marinus und Anna Katharina den Kühnen Ku von BottiKofen in abgewandelter Form doch noch nachgeholt. Es war an Peter und Paul, bei strahlendem Wetter. Bis Kreuzlingen nahmen sie den Zug, dann ging es zu Fuß zum Hafen. Das Kipfeli hatte Anna Katharina bereits in St. Margrethen gekauft und verspeist, ohne Zugversäumungsgefahr. In Kreuzlingen schleppten sie sich in der Mittagshitze zum Hafen; man mußte einen ziemlichen Umweg machen, es gab keine direkte Verbindung vom Bahnhof zum See. Die Bahnschranken waren auch noch geschlossen, Marinus kramte seine Bodenseeschirmmütze aus seiner Reisetasche und setze sie auf, Anna Katharina hatte nichts dabei und floh vor der stechenden Sonne in den Fischladen direkt an der Bahn, wo Thunfisch in Sushi-Qualität angeboten wurde, neben den obligaten Felchenfilets, sowie ein Knusperli-Teller um SFR 10.- Am Park wies ein Schild darauf hin, daß nicht nur das Abreißen von Zweigen und Blumen, sondern auch jegliche Art von Fahren strengstens verboten sei. Ein Auto hatte mitten im Park geparkt, ein Radfahrer zog seelenruhig an ihnen vorbei. Die »Säntis« lief pünktlich ein, sie begaben sich über ein improvisiertes Holzpodest, wegen des hohen Wasserstandes, an Bord, gottseidank ohne Radfahrer, die sonst immer alles aufhielten, gleich aufs Oberdeck unter das Sonnendach. Anna Katharina bestellte ein »Rittergold«. Die Serviertochter brachte ihr ein großes, schweres Glas, der Most war naturtrüb. Beim Austrinken bemerkte sie, daß am Grund des Glases eine Waage eingeschmolzen war und die Information ›Made in England‹, 1 pint, 473 ml. Das nennt man den Dingen auf den Grund gehen, dachte sie. Marinus rieb sich mit seiner Sonnencreme ein, sie machte einen kleinen Strip-Tease, um das Unterhemd loszuwerden, das sie in ihrem Arbeitszimmer unter dem T-Shirt trug, weil es dort immer so kühl war. Auf dem Schilfgrundstück bei der Hafenausfahrt saßen 17 Reiher, aber keiner auf einer Zahl, weil keine Schilder mit Zahlen vorhanden waren. Konstanz lag im Dunst, das Gerüst am Münster war nun verschwunden. Draußen, auf dem See, bei den Nummern 32 und 31, RF, reiherfrei, sahen sie, daß die Schilder am Schweizer Ufer am oberen Rand eine ausgezackte Manschette trugen.

»Damit die Reiher nicht alles vollreihern«, nahm Marinus einen Schluck aus ihrem Glas.

Dann steuerten sie BottiKofen an, landeten aber nicht, weil nur auf Bedarf gelandet wurde. Hinter dem Hafen standen zwei Hochhäuser, die Twin-Towers, davor dichtgedrängt ein Mastenwald und eine Tankstelle für Motorboote. Am Tisch neben ihnen saßen zwei blonde Schweizerinnen, eine mit kurzen Haaren und Bulldoggenmund, die andere langhaarig. Sie hatten beide die Zehennägel violett lackiert und präsentierten ihre Füße im Duo auf der Sitzfläche eines Stuhles zwischen ihnen. Münsterlingen zog vorüber.

»Da sind die Jecken untergebracht«, scherzte Marinus, »in der psychiatrischen Klinik.«

Schließlich zeigte sich der Campanile von Romanshorn und beim Näherkommen der klobürstenartig gestaltete Springbrunnen bei der Hafeneinfahrt. Auf der ganzen Strecke war kein einziger Reiher zu sehen gewesen.

Die Fähre, die sie dann besteigen mußten, war leider nicht die »Romanshorn«, sondern die »Friedrichshafen«, voll mit mißgelaunten, radfahrenden Eltern und quengelnden Kindern. Endlich liefen sie in Friedrichshafen ein und wechselten auf die »Austria«. In Friedrichshafen verließen 119 Ratten das Schiff, davon 28 Fahrradratten. Doch auch bei der Fahrt entlang dem deutschen Ufer zeigte sich kein Reiher, obwohl hier die Schiffszeichen oben keine Zacken trugen. In Langenargen gingen 133 Ratten von Bord sowie zwei Hunde. Zum ersten Mal fiel Anna Katharina auf, daß hier eine kleine Hafenglocke vorhanden war. In Kressbronn schließlich konnten sie nicht landen, weil die »Euregia« alles versperrte. Sie war als Festschiff ausstaffiert und hatte gerade einen Schwall von Leuten ausgespuckt, viele mit Blumensträußen, die nun auf dem Landesteg aufs Festland strebten.

»Wahrscheinlich eine Betriebsfeier mit der Ehrung verdienter Mitarbeiterinnen«, sinnierte Anna Katharina.

»A propos Mitarbeiter«, Marinus biß in einen Müsliriegel,

den er aus der Tasche zog,»vorgestern, in der Firma, da haben alle eine Mail erhalten, wenn sie heute mit Rad, Bahn, Bus oder zu Fuß zur Arbeit kommen, dann gibt es Erdbeeren und Riegel. Man mußte die Anzahl der Mitarbeiter pro Abteilung melden. Die Erdbeeren und Riegel konnte man gestern zwischen 16 Uhr und 16 Uhr 15 abholen oder heute früh von 7 bis halb 8. Ich war gestern um 16 Uhr da, mit mir ungefähr acht Leute. Keine Erdbeeren weit und breit. Die Müsliriegel wurden verteilt. Ich nahm die Sorte mit Guaraná, das ist ein brasilianisches Aufputschmittel. Dann fragte ich, wieviele Erdbeeren man denn eigentlich bekäme. Rate mal!«

»Ein viertel Kilo?«

»Drei Stück pro Person. Der Witz an der Sache war, daß die Mitarbeiterin, die die Erdbeeren holen sollte, spurlos verschwunden war. Wir standen herum, unsere Arbeitszeit, die sonst mit Stechuhren kontrolliert wird, verfloß ungenutzt, doch keine Erdbeeren tauchten auf. Dann sind alle wieder an ihre Schreibtische oder Käserührmaschinen verschwunden.«

Endlich ging es weiter, nach Nonnenhorn. Anna Katharina fand, daß der Blick Richtung Bregenz von hier aus am schönsten war. Es war klarer geworden, im Laufe des Tages, der See so richtig blau, und die Felsen in der Ferne schimmerten grau. Die Halbinsel von Wasserburg mit dem silbergrauen Kirchzwiebelturm, der manchmal auch grünlich wirkte, je nach Wetterlage, ragte in den See hinein wie ein südländisches Kap. Diesmal war nicht einmal der zuverlässige Reiher von Nr. 50 auf dem Posten. Keine Diskussionen an Bord, ob er echt sei oder ausgestopft.

»Fahr weiter und bleib aschtändig!« rief der Hafenmeister dem Kapitän zu. Zwischen Nonnenhorn und Wasserburg tauchte dann endlich der erste Reiher an diesem Tag auf, auf dem Schiffszeichen mit der Nr. 53. In Wasserburg lagen sie relativ lang fest, kein Mensch wußte, warum. Vor dem Wellenbrecher hatten sich Baumstämme angesammelt, auch sonst schwamm auf dem Wasser viel Treibholz.

»Siehst du das rote Ding da vorne, vor der Hafenmauer? Das aussieht, wie ein umgekehrtes Dreieck? Auf dem verrotteten Pfahl?«

Marinus nickte.

»Was das wohl ist? Vielleicht ein Lautsprecher. Ich vermute, durch den Pfahl geht eine Verbindung direkt zum Erdmittelpunkt.«

Er schien nicht überzeugt.

»Sieht eher aus wie eine Kotztüte für Reiher.«

Die Glocken von Wasserburg läuteten bei ihrer Abfahrt, es war, wie immer, sieben Uhr. Die Reiher traten nun wieder zuverlässig auf, die Nummern 55b, 57b und 59 waren MR.

»Siehst du, das ist eben der Unterschied. In der Schweiz haben sie Reiherzacken, dann bleiben die Schilder sauber, aber niemand kann ein Reiherorakel befragen. Das Wunderbare verschwindet. Hier ist es viel romantischer. Das ist eben das deutsche Gemüt. Die schwäbische Romantik.«

Anna Katharina glaubte selbst nicht, was sie sagte, aber sie fand, es klang gut. Besonders für die Ohren der ahnungslosen Touristen, die vielleicht mithörten.

»Heute war der Sicherheitsbeamte im Betrieb bei mir«, erzählte Marinus weiter. »Er hat meinen Stuhl inspiziert. Der Stuhl ist völlig unorthopädisch, ich bekomme einen neuen. Damit ich bei der Arbeit dynamisch sitzen kann, wie das jetzt heißt. Und eine Fußstütze zum Wippen, die kriege ich auch.«

Anna Katharina hatte inzwischen eine Nummer zum persönlichen Orakel für die Frage der Fragen erkoren. Sie war MR. Mit ihr auf dem vorderen, oberen Deck befanden sich zwei lesende ältere Damen. Sie schlenderte unauffällig an ihnen vorbei und identifizierte die jeweiligen Lesestoffe: Francis Durbridge, »Der Andere« (Dame mit Brille), und etwas von Joseph Roth im KIWI-Taschenbuch (Dame ohne Brille). Marinus ging, wie üblich, in Bad Schachen von Bord. Sonst keine besonderen Vorkommnisse.

Militärmanöver

Am nächsten Tag befand sich Anna Katharina auf der »Vorarlberg«, in der prallen Mittagshitze, auf dem Schnellkurs zur Insel Mainau. Eigentlich hatte sie nur kurz nach Lindau auf den Markt fahren wollen, zum Einkaufen, aber dann war es so schön auf dem Schiff gewesen, daß sie ihre Pläne für den Tag über Bord warf und auf dem Schiff blieb. Soeben waren sie in Langenargen eingelaufen:

»Des is owa aa a liewer Haf'n«, meinte die Mutti aus der Wiener Familie, die seit Bregenz das vordere Oberdeck mit ihr teilte. Ruhige, freundliche Leute, einer blickte ständig durchs Fernglas. Vor der Einfahrt nach Lindau hatte es eine Debatte gegeben:

»Du hast z'wenig Ehrfurcht im Ton, wenn du mit mir redest«, drohte die Mutti dem Enkel, der Martin hieß. Der Opa war der große Kurti, der Vati der kleine Kurti.

»Wart' nur, gleich kriegst an Küchendienst auf'brummt«, warnte der kleine Kurti.

Jetzt saß Anna Katharina also auf der »Vorarlberg«, die im Gegensatz zur »Austria« einen hellgrünen Bodenanstrich hatte. Rechts von ihr tauchte ein Pulk von fünfzehn Motorschlauchbooten auf.

»Vielleicht das Bundesheer.«

»Oder die Schweizer, die uns den Krieg erklärt haben.«

»Im Rhein ham's a Krokodil gsegn.«

»Des haumma in der Dounau ao.« Die Schwiegertochter mischte sich ein, eine Blondine mit steirischem Akzent.

»Stell dir vor, die Ampel is rot und auf amol geht a Krokodil vor dir ummi!« Der große Kurti schlug sich auf die Schenkel vor Lachen.

Die Mutti fragte, ob jemand eine Banane wolle. Niemand sagte etwas.

»Ned olle midanand«, meinte die Mutti, schließlich nahm der kleine Martin eine.

»A grüne bitte.«

»Weißt du, die sind so gsund für's Herz.«

»Für die Augen soll'n s' a guat sein.«

»Gor net wahr«, warf er große Kurti ein, »gestern hab i an Off g'segn, med Brüll'n.«

Nun nahmen doch alle sechs aus der Familie eine Banane. In Friedrichshafen schwebte ein Zeppelin durch die Luft.

»Des sand bloß klaane, fiar Rundflüge. Aber sie baun wieder riesengroße, zum in Dienst stellen, für Lastentransporte.« Der große Kurti schien ein Experte zu sein.

Der kleine Kurti hielt das Fernglas auf den Zeppelin gerichtet.

»Der is sicher aunghängt, der Zeppelin, am Boudn«, mischte sich die Schwiegertocher wieder ein.

Eine Dame im himbeerroten, hinten durchbrochenen Leinenkleid kam zu ihnen aufs Vorderdeck und bot allen Erdbeeren und Pralinen an.

»Des is aber lieb«, griff der große Kurti zu.

Das Landungsmanöver des Zeppelin wurde weiter kommentiert.

»Maanst, des is de ›Hindenburg‹?« Der kleine Kurti blickte seinen Vater bohrend an.

»De ›Hindenburg‹ kannst nimmer oschaugn, de is damals ausbrannt, in Lakehurst«, der große Kurti darauf.

Im Hafen lag die »Euregia«, mit ihren breiten, verglasten Seitenfronten.

»Des is a Veranstaltungshalle.« Die Mutti packte die Bananenschalen in einen Plastiksack. Die »Euregia« war mit grünen Kränzen geschmückt, unten, im Lastenraum für die Autos, stand ein weiß-blaues Bierzelt, dahinter waren Tische und Stühle aufgestellt. Von der Decke hingen Wimpel mit allen möglichen Wappen, auch Phantasiewappen. Am Ufer sah man drei Fahnen wehen, die ein europäisches Chortreffen ankündigten. Vor Friedrichshafen schwammen mindestens dreißig Schwäne. Die »Vorarlberg« stieß bei der Ausfahrt Signale aus, daß die Passagiere fast von den Stühlen fielen. Draußen zog die »Romanshorn« in Richtung Schweiz davon, links davon bewegte sich die »Hohentwiel« in Richtung Österreich. Es war ein dunstiger Tag, gar keine Fernsicht, der Himmel eine blaue

Schultafel, die nur schlampig geputzt worden war und deshalb einen weißen Kreideschleier trug. Nur die Kondensstreifen diverser Flugzeuge stachen als markante Striche von der weißbewölkten Blaufläche ab.

Die Wiener waren ins Schiffsinnere gegangen, auf ein Bier. Anna Katharina schob zwei Stühle zusammen, lagerte ihre Beine hoch und drehte sich in Richtung Schweiz, um sich zu sonnen. Die Dame im himbeerroten Kleid kam noch einmal und brachte wieder Erdbeeren und Kekse. Gratis! Es war still auf dem Schiff, die Maschine dröhnte leise, der Bug glitt ruhig durch die Wogen. Vor Meersburg, das sie nicht anliefen, erwachte sie aus dem Dösen und holte sich ein Paar Würstel. Die Wiener saßen um einen Tisch, aßen Pommes frites und unterhielten sich über Sommer- und Winterschokolade, als ob dies ein Naturereignis wäre.

»Im Summa gibts Joghurt-Erdbeere, im Winta Apfel-Zimt«, hörte sie die Mutti in definitivem Ton erklären.

Bei der Landung in Mainau wurde noch besprochen, mit welchem Schiff man zurückfahren wollte: »Um 16 Uhr 30. Mit dem Schnellkurs. Des andere is a Bummler.«

Anna Katharina stieg aus und schlenderte zum Landeplatz Numero 4, wo bereits die »Österreich« einlief. Ebenfalls ein Bummler. Am Ufer stand eine große Birke, *Betula utilis*, die Himalayabirke, die in der Tiefebene prächtig zu gedeihen schien.

Die Rückfahrt von der Insel Mainau auf dem Bummler gestaltete sich dramatisch. Das Schiff war überfüllt, von Anfang an, vor allem mit Radfahrern. Anna Katharina ergatterte einen Stuhl auf dem unteren Vorderdeck, an der Wand neben dem Abfallkübel. Neben ihr standen eine füllige Dame in engen Radlerhosen und ein älterer Herr.

»Die ›Österreich‹ ist gar kein österreichisches Schiff. Sie hat vorn nicht die österreichische Flagge«, erklärte die Dame. Vorne hing die Vorarlberger Fahne, rot-weiß.

In Meersburg kamen vierzehn Vorarlberger Radlerinnen und Radler an Bord, dazu zahlreiche deutsche Urlauber. Die Räder wurden gestapelt, wie es eben ging, aber wie man die wieder von Bord kriegen sollte, war Anna Katharina schleierhaft. Jemand schlug zum Spaß die Schiffsglocke an, und schon ertönte die Lautsprecherstimme:

»Ein Mal läuten – eine Runde. Zweimal läuten – zwei Runden.«

Die gleiche füllige Dame erklärte nun ihrem Begleiter, daß Meersburg wie Heidelberg aussehe und daß das Neue Schloß nicht barock sei, sondern klassizistisch. Eine alte Dame in sportlichem Radlerdress flüsterte ihrer Mitradfahrerin zu:

»Ich muß endlich diese Schwedischenke finden, da gibt es sicher etwas Schwedisches zu essen. Vielleicht Elchschnitzel?«

Ein Herr, der aussah wie Leopold Figl, stellte sein Rad ab und raunzte im Wiener Dialekt:

»I geh do weg, daß i ned unter d'Räder kumm.«

Der Himmel war inzwischen grau bewölkt, aber es regnete nicht. Über Langenargen zog ein Kampfflugzeug auf und warf zwanzig Fallschirmspringer ab. Die Schirme, nicht weiß, sondern graugrün, gingen schön nacheinander auf und landeten in regelmäßigen Abständen zwischen den vielen Jachten und Segelbooten, die den See bevölkerten. Die Springer berührten die Wasseroberfläche, gingen kurz unter, der Schirm folgte, sie tauchten wieder auf, und schon flitzte eines der grauen Gummischlauchboote herbei, um sie herauszufischen. Kaum waren sie geborgen, kam schon das nächste Flugzeug und dann noch drei Hubschrauber, die aber nur je fünf Männlein oder Weiblein am Schirm abwarfen. Militärische Manöver an einem friedlichen Sonntag über dem Bodensee! Die Wiener hatten doch recht gehabt, mit ihrer Vermutung. Anna Katharina mußte an eine Tante denken, die im Krieg Krankenschwester gewesen war und erzählt hatte, daß die schlimmsten Verletzungen die Fallschirmspringer davongetragen hatten, die in Kreta Partisanen in die Hände gefallen waren.

In Langenargen kamen zwei weitere Radler an Bord, ein Herr in engen roten Hosen und rotem Oberteil mit schwarzem Rad und ein zweiter in Grau. Sie wollten ihre Räder ebenfalls auf dem Vorderdeck abstellen. Ein älterer deutscher Urlauber, der sein Rad hier stehen hatte und in Wasserburg aussteigen wollte, begann herumzuschreien:

»Was ist denn das für eine Organisation hier! Sie können Ihre Räder hier nicht abstellen, wir müssen in Wasserburg wieder hinaus. Ich habe doch bezahlt, für mein Rad, und ich will im Urlaub keinen Ärger haben.«

Der rote Herr stutzte und meinte dann:

»Wo müssen S' denn hinaus?«

»In Wasserburg, sag ich doch.«

»Ja gut, bis dann is ja noch Zeit. Irgendwie wird sich das schon regeln lassen.« Und es regelte sich auch, irgendwie. Alle kamen von Bord, wo sie wollten, samt ihren Rädern.

In Alwind sah man heute ein bekleidetes Postlerpaar und niemand im Wasser. Auf dem Schiffszeichen mit der Nummer 59 saßen zwei Möwen, aber kein Reiher. Ein Vater erklärte seinem kleinen Sohn:

»Das Schiff drängt beim Fahren das Wasser weg. Genauso, wie wenn du in der Badewanne die Hand ins Wasser tauchst.«

Bei der Einfahrt in den Lindauer Hafen konnte sie die »Zürich« und die »Karlsruhe« beobachten, wie sie ausfuhren, sie war ja heute ein Schiff früher dran. Normalerweise wäre sie mit Marinus auf einem der beiden Schiffe gesessen. Das Seezeichen vor der Hafeneinfahrt, das aussah wie eine Skulptur von Paul Klee, bot zwei Reihern einen Standplatz. Phantastisch!

Siebzig Wasserleichen

Marinus war verreist, nach Amsterdam. Er mußte irgendwelche Dinge in Archiven recherchieren. Was das genau war, wußte Anna Katharina nicht. Sie wußte nicht einmal genau, was er und ob er überhaupt wirklich arbeitete. Vielleicht betrieb er Industriespionage. Ihr war das gleich. Was ihr nicht gleich war, war die Tatsache, daß sie nun allein zur See fahren mußte. Aber sie tat es, teils aus Gewohnheit, teils aus Nostalgie.

Sie ging in Lindau aufs Schiff, weil sie in der Stadt etwas zu tun hatte. Das gab ihr die Gelegenheit, das Hafengetriebe einmal von der anderen Seite zu betrachten. Man sah bereits von weitem, wie die »Zürich« und die »Karlsruhe« sich dem Hafen näherten, die eine von Westen, die andere von Osten. Zuerst durfte der »Dessert Liner« einfahren. Die Flaggen rechts vom Leuchtturm wehten stramm im Wind, es waren die von England, Holland, Spanien, Dänemark, Norwegen, Belgien, Schweden, den USA, Japan und Griechenland. Die »Karlsruhe« legte gleich darauf an. Da nur ein Hafenmeister da war, mußte er, kaum hatte er die Landebrücke für die »Zürich« hergerichtet, gleich zum Landeplatz 2 springen, um der »Karlsruhe« zu einer Verbindung zum Ufer zu verhelfen. Am Landeplatz 1 wartete mit ihr schon eine Gruppe älterer Schweizerinnen und Schweizer. Vor der Treppe zum Schiff war ein Metallgatter, geschlossen. Die beiden älteren Schweizer Herren bemühten sich, es zu öffnen, da der Hafenmeister an der »Karlsruhe« beschäftigt war. Sie rüttelten daran herum, versuchten, einen Haken zu bewegen, vergeblich, bis es plötzlich doch aufsprang und alle zum Schiff hinunterdrängten, obwohl man noch gar nicht einsteigen konnte, da die Reihe der Radfahrer heute endlos zu sein schien. Kein Mensch kontrollierte die Pässe, obwohl sie doch, falls sie in der Schweiz an Land gingen, die Europäische Union verließen. Wahrscheinlich waren sie schon an Bord des Schiffes auf außereuropäischem Boden. Sie schlüpfte schnell auf das erste Oberdeck, vorne, und sicherte sich einen Platz auf der vordersten Bank, neben einer alten Dame und einem jugendlichen Pärchen, das sich auf Amerikanisch unterhielt. Als sie ausgelaufen und in Fahrt waren, wagte sie es, ihren Platz zu verlassen und ein Kaffeeeis zu kaufen. Der Wind war heute so stark, daß eine Tüte mit einem mit Kirschen garnierten Sommerstrohhut, den sie in Lindau gekauft hatte, fast davongeflogen wäre. Die Schweizer Dame hatte ihn für sie gerettet. Reiher waren fast keine auf dem Posten, vielleicht war das Wetter zu schön. In Nonnenhorn hatte der alte Goethe eine weibliche Hilfe, auf der »Karlsruhe« fand sie wieder einen Platz auf dem vorderen Deck. Die Nr. 57, ihr Geheimorakel, war MR. Sie schlenderte in Nonnenhorn an den Hafenliegern vorbei zum Café Lanz, kaufte aber kein Eis, weil sie auf dem Schiff schon eines gegessen hatte, obwohl es nun wieder Malaga gab. Was das wohl bedeutete? Marinus nicht da, und es gab Malaga! Da sie noch etwas Zeit hatte, fiel ihr zum ersten Mal ein kleines »Ehrenmal« auf, auf dem stand: »STUBO-KDO 906, 1940-1945«. Daneben eine Tafel, daß es sich um das Sturmboot-Kommando Nr. 906 handle, das in Wasserburg stationiert gewesen war. Die deutsche Kriegsflotte in Dritten Reich, selbst hier in Nonnenhafen, und auch noch mit einem Ehrenmal gewürdigt!

Bei der Rückfahrt war Alwind besonders dicht mit erholungsbedürftigen Postlern und Postlerinnen bestückt: fünf im Wasser, eine auf der Treppe, mehrere im Hintergrund. In Bad Schachen kam ein Paar an Deck, das sie an Heidi und Clara erinnerte: eine jüngere Frau im Rollstuhl mit langem, orangerotem Rock, braunem Pulli, weißem Topfhut und weißem Flatterschal und eine dunkelhaarige, langmähnige kräftige Person mit abgeschnittenen Jeans, die sie an Bord schob. Kaum waren die beiden auf dem Schiff, begann aus dem Lautsprecher »Die Fischerin vom Bodensee« zu ertönen. »Ein weißer Schwan ziehet den Kahn mit der schönen Fischerin auf dem Bodensee dahin.« Anna Katharina setzte sich wegen des Windes an die seeseitige Seitenwand und ließ sich die Sonne schräg aufs Gesicht scheinen. Neben ihr zwei Frauen aus Kärnten und Tirol, die sich darüber unterhielten, wie verwirrend die Straßensituation bei der Einfahrt nach San Francisco sei. Was wohl Marinus gerade in Amsterdam tat? Sie war heute bereits auf einer Hausversammlung gewesen, wo eine Wohnungseigentümerin, die von ihrer alten Mutter begleitet war, empört erklärt hatte, früher seien in diesem Haus auch Wohnungen an Prostituierte vermietet worden. Sie selbst sei einmal unvermutet Opfer eines Buttersäure-Attentates geworden. Die Mutter, die Krücken neben sich lehnen hatte, begann zu kichern und erzählte, daß sie eines Abends, bloß mit einer Mantelschürze bekleidet und mit einem Pinsel in der Hand, weil sie gerade beim Malen gewesen sei, die Tür geöffnet habe. Draußen sei ein Kunde gestanden, der sich an der Tür geirrt hatte und geglaubt habe, sie habe sich extra für ihn so ausstaffiert.

Anna Katharina ging in Lindau von Bord und merkte erst jetzt, wie angenehm es war, wenn man auf dem Schiff bleiben konnte und dem Gedränge der Radler und Touristen entging. Auf dem Dach des Paulanerbräus saßen ungefähr dreißig Möwen, die alle Richtung Bahngeleise blickten, als ob es dort etwas zu sehen gäbe. Beim Heimfahren im heißen Auto fragte sie sich »ab« (ein neerlandismus), wer wohl die siebzig Wasserleichen seien, von denen sie in der Zeitung gelesen hatte, daß sie seit 1945 auf dem Grund des Sees ruhten oder bereits verwest oder von den Fischen gefressen worden seien. Man sollte der Frage einmal nachgehen. Vielleicht, wenn Marinus wieder da war. Er hatte einen Roman über die Schiffsuntergänge auf dem Bodensee verfaßt, wenn sie ihm glauben durfte, und kannte sich auf dem Grund des Sees bestens aus, wohl wie kaum ein anderer. Das Problem war aber, daß nach dem Mahl durch die Fische von den Verstorbenen wenig übrigblieb. In diesem Fall erfüllten die Verstorbenen post mortem ihren eigentlichen Lebenszweck, den Fischen als lukullische Spezialität zu dienen.

Als sie nach Hause kam, hatte Marinus doch wieder eine e-mail geschickt, diesmal unter dem Stichwort *Zeeman*:

Dr. Zeeman fuhr am 5.7.01 auf dem Schnellkurs zwischen Friedrichshafen und Bregenz ein Jubiläum ein, nämlich die 100. Einschiffung. Für die Statistik war es noch zu früh. Von den bisher 25 beschifften Schiffen scheint aber die »Karlsruhe« alle anderen Schiffe um einige Längen von 56,30 Meter zu schlagen.

Der Schnellkurs zählte zwischen Friedrichshafen und der Mainau trotz des heißen Sommertages nur wenige Fahrgäste, ja man hatte den Eindruck, daß fast das Personal überwog. In den Speisesälen lief so gut wie nichts. Zeeman hatte sich wieder einmal mit einem eisgekühlten Yoghurt light versorgt. Für die Reiherstatistik fiel nicht viel ab, da der Kurs zu weit vom Ufer entfernt läuft. Immerhin war die 40 bei der Ausfahrt von Friedrichshafen MR, aber auch die 26 bei Unteruhldingen MR. Zeeman hatte auf der Bahnfahrt aus dem »Maurice Ravel« bei Offingen (Schwaben) diverse Störche beobachtet, die ihn an kommende Reiher gemahnten.

Vor dem Eingang zum Park auf der Mainau mit dem nicht gerade sozialen Eintrittstarif von DEM 19.- steht ein bemerkenswerter Pavillon von OBI, dessen vergoldeter Knauf an Leuchtkraft die Turmknöpfe der Lindauer Stiftskirche und der Mehrerau (Abt, Prior und Konvent mögen mir verzeihen!) bei weitem übertrifft. Daß der Urlaub gelegentlich zum Streß werden kann, ließ sich dort dem Disput einer vierköpfigen Familie aus dem Rheinland entnehmen. Der Familienvater meuterte: »Wat soll dat! Müssen wir uns denn bis zum Schluß alles restlos ankucken?«

The well fed Bavarian lion

Das Schiffahren hatte inzwischen für Anna Katharina den Charakter eines Rituals angenommen. Am liebsten fuhr sie immer die gleiche Strecke und sah die gleichen Dinge, aber sie sahen nie gleich aus. Obwohl Marinus wieder hier war, mußte er gestern wieder zu einer dieser Besprechungen, von denen sie nie wußte, ob sie wirklich stattfanden und was dort besprochen wurde. Sie ging diesmal auf ein früheres Schiff, auf die »Schwaben«, und wollte bis Friedrichshafen fahren. Das Deck voll mit Touristen, auch mit ausländischen. Bei der Einfahrt in den Lindauer Hafen meinte eine Dame mit Blick auf den Löwen zu ihrem Begleiter, einem alten Herrn, der mit seiner altmodischen Brille aussah wie Arno Schmidt:

»It is a well fed Bavarian lion.«

Ein wohlgenährter bayerischer Löwe! Daß sie nicht lachte! Wo man doch sogar seine Rippen zählen konnte, wenn man genau hinblickte, so dünn war der. So trübte das Vorurteil den Blick. Wahrscheinlich dachte die Sprecherin, ein bayerischer Löwe tränke nur Bier, und da mußte er natürlich dick sein.

Als sie in Wasserburg landeten, wie immer vom alten Goethe sicher mit dem Stahlseil angebunden, sagte ein zehnjähriger deutscher Urlauberbub zu seinen Eltern:

»Hej, wir sind wieder in Deutschland. Wir sind in meinem Heimatland!«

Es klang richtig froh.

Auf dem Pfeiler außen an der Friedhofsmauer sonnte sich ein Mann. Entweder war er vom Friedhof aus über die Mauer geklettert oder er hatte den Pfeiler vom Wasser aus erklommen. Beides nicht ganz leicht. Im Hintergrund hörte Anna Katharina, wie sich der deutsche Junge mit einem anderen unterhielt:

»Wieso gibt es hier keine Tanker?«

»Es ist kein Salzwasser.«

»Wieso heißt Salzwasser Salzwasser?«

»Wenn du es kochst, bleibt Salz übrig.«

»Bei Süßwasser bleibt Zucker übrig.«

»Wozu brauchen die eine Glocke auf dem Schiff?«

»Wahrscheinlich für Feuer.«

»Traust du dich, sie zu läuten?«

»Nöööö...«

»Für zehn Mark?«

»Vielleicht.«

Dann verlor sie einen Moment den Faden des Gesprächs, schnappte aber bald wieder ein paar Fetzen auf:

»...und eine Meerjungfrau.«

»Wenn du dir Sekt kaufst.«

»Tennisschläger.«

»Wer hat hier die Luft verpestet?«

»Meeresluft.«

»Es soll richtig stinken.«

Plötzlich hörte Anna Katharina einen leisen Glockenton. Sie beugte sich über die Reling. Es waren nicht die beiden Jungs, sondern ein Vater mit einem ganz kleinen Kind, das die Glocke angeschlagen hatte.

In Friedrichshafen saß ein besonders stattlicher Reiher auf der Hafenmole, direkt vor der württembergischen Flagge in Schwarz-Gelb. Ein württembergischer Staatsreiher.

Anna Katharina stieg auf die »Austria« um und geriet in die Gesellschaft von drei Damen, die ununterbrochen plauderten. Eine hatte einen kleinen Collie bei sich, der sich so fürchtete, daß er sich ständig auf dem Boden zusammenkauerte. Die drei unterhielten sich im Vorarlberger Dialekt.

»Putza ischt denn koa Schand, schteahla ischt a Schand«, meinte die eine in der Mitte, die eine Brille trug.

»Viele wäärand froh, wenn sie a so an Tschob hättand. S'Land zahlt guat.«

»S'Brigittle heat o a Peach mit da Mää. Allad da gliiche Typ. Wenn dia putzt, denn seit sie, sie sei im Büro tätig.«

Als Schloß Alwind in Sicht kam, wurde die Aufmerksamkeit der drei Damen vom Putzen und den Männern abgelenkt:

»Des ischt a Erholungsheim. Wia a englisches Schloß. As g'höört da Iisabaa. Oder na, i gloob, dr Poscht.«

»Füor üsaroas ischt des nit erschwinglich«, meinte eine der drei, als sie in Bad Schachen anlegten, mit Blick auf das Hotel.

»Dr Pfändar in Sicht.«

»Aaaaah!«

»Da Geabhardsberg.«

»Aaaaaah!«

»Sturmwarnung.«

»Jo.«

»Treit der an Küahlschrank?«

Am Ufer trug wirklich jemand ein Gerät auf dem Rücken, das wie ein Kühlschrank aussah.

»As luogat gad aso us.«

In Lindau im Hafen kamen, wie immer, die Tauben an Bord, begleitet von einem Spatz.

»Dia Klenna sind immer dia Freachschta.«

Die Tauben und der Spatz pickten Brotbrösel vom Schiffsboden auf.

»Die healfand deana Fraua, die jetzt denn do putza tuond.«

»Putzand do Fraua?«

»Jo. Des isch guat zahlt, an Saisontschob. Und d'Tisabahner, die wo vu Tirol ussakommand, die künnand uf deam Schiff übarnaachta. D'Fraua putzand darwil.«

»As giit deariga, wo sie schämmand, füors Putza.«

»Ma muoß sich jo nit uufführa wia a Putzfrou.«

»S'Land zahlt guot.«

Anna Katharina kam mit den dreien doch noch ins Gespräch, weil sie bezweifelten, daß die vorbeifahrende »Hohentwiel« wirklich die »Hohentwiel« war. Sie hielten sie für das Partyschiff »Elisa« der Firma Salzmann, das ebenfalls ein Schaufelraddampfer war. Es handelte sich aber tatsächlich um die »Hohentwiel«, und so mischte sich Anna Katharina in die Konversation ein. Die drei Damen entpuppten sich als drei Schulputzfrauen, die einen Ausflug nach Hagnau gemacht hatten, zu Fuß nach Meersburg spaziert waren und von dort jetzt wieder mit dem Schiff zurückfuhren. Sie wünschten Anna Katharina noch einen schönen Abend und sie ihnen auch. Am Landeplatz 1 lag die »Vorarlberg«, beleuchtet, voller junger Leute, mit Discosound beschallt und mit einem Transparent verziert: *Eventbanking.*

Die Explosion des Schaumballons

Marinus hatte sich wieder einen längeren Trip ausgedacht, um sie für seine Abwesenheit zu entschädigen. Außerdem mußte er etwas in der Bibliothek in Konstanz nachschauen. Sie nahmen den Zug ab Bregenz Hafen um 6 Uhr 59 und fuhren nach Kreuzlingen, mit Zwischenstation in Arbon, um einzukaufen. In Kreuzlingen bestiegen sie die »Stein am Rhein«, mit der sie bis Konstanz fuhren. Die »Schaffhausen«, die daneben vor Anker lag, wurde gerade mit roten Bändern und Buschen dekoriert. Die Schweizer Zeichen Nr. 39 und 40 waren MR, auf dem kleinen Schilfgrundstück saßen aber nur vier Reiher. Das Wetter war trüb, für heute war Tief »Willy« angekündigt, das einen Wettersturz verursachen sollte. Bis jetzt war es aber noch schwül.

Die Busse zur Uni waren heute gratis, weil Tag der offenen Tür war. Es war auch schon ziemlich bevölkert auf dem Campus, überall standen Informationsstände herum. Marinus und Anna Katharina trennten sich; sie verschwand auf der Ebene G 2, weil sie etwas über Goethes Reisen in die Schweiz nachschauen wollte, für einen Vortrag, vor allem über seine Beziehung zu den Alpen. Goethe war total verweichlicht, war ihr vorläufiger Eindruck. Von einem Stapel hatte sie sich ein Heft mitgenommen, »Universität Konstanz, Tag der Offenen Tür, Kostenloser Bustransfer« stand auf dem Titelblatt. Als sie keine Lust mehr auf Goethe hatte, blätterte sie darin herum. Ab 10 Uhr früh fanden pausenlos Vorträge und Demonstrationen statt, z.B. »Physikalische Experimente im Internet«, »Der deutsche Wohlfahrtsstaat in einer globalen Wirtschaft« oder »Putzen in der Nanowelt« im Fachbereich Physik. Das wäre etwas für die drei Damen gestern gewesen, die würden sich sicher auch in der Nanowelt zurechtfinden. Dann gab es noch »Der Kosakenmythos in der postsowjetischen Ukraine«, »Überzeitliche Verwandtschaft: Ein Vergleich der Gestaltung einer CD-Hülle und eines mittelalterlichen Diptychons«, »Schnuppersegeln mit Booten der Universität«, »Die Innenarchitektur der Materie/ Käfigstrukturen und große Biomoleküle« und als Höhepunkt:

»Explosion eines schokoladenumhüllten Schaumballons« im Fachbereich Physik, durchgeführt von Prof. Dr. Ganteför um 10 Uhr 50. Also für jeden etwas, und alles sehr lebensnah. Einige Seiten weiter las sie dann wieder: »Anfertigung von wissenschaftlichen Apparaturen und Geräten«, »Psychologische Folgen nach Völkermord«, »Computerspiele als Teil und Gegenstand der Medien(wissenschaft)«, »Ist die Philosophie immer noch die Mutter der Wissenschaften?« und dann wieder: »Explosion eines schokoladeumhüllten Schaumballons«, diesmal trat Prof. Ganteför um 12 Uhr 50 in Aktion. Dann kam noch »Warum sind manche Länder reich und andere arm? Eine kurze Einführung in die Theorie des Wirtschaftswachstums«, »Was passiert mit dem Abwaschwasser? oder Geselligkeit in der Kläranlage auf Kosten der Waschmittel«, »Wasserpflanzen im Bodensee«, »Magnetische Lawinen in Supraleitern« und dann wieder »Explosion eines schokoladeumhüllten Schaumballons«. Zum letzten Mal explodierte der schokoladeumhüllte Schaumballon um 14 Uhr 50 nach »Vom Wohl und Wehe der Hirnplastizität«, »Online Tutorium zur neueren und neuesten Geschichte« und »Ethische Probleme der Humangenetik«. Ob es sich bei dem schokoladeumhüllten Schaumballon um eine Schwedenbombe handelte?

Für die Rückfahrt in die Stadt nahmen Anna Katharina und Marinus wieder den Gratisbus und spazierten durch den Stadtgarten zum Hafen. Heute war Flohmarkt der SPD, es gab auch etwas zu essen. Marinus delektierte sich an einer Wurst, Anna Katharina griff zu Tünneler mit Äpfeln und Rahm. Niemand turnte heute vor dem Grafen Zeppelin als Wieland der Schmied herum. Dann bestiegen sie die »Überlingen«, die aussah, als ob sie schon länger nicht mehr renoviert worden wäre. Sie stammte aus dem Jahre 1934, Stapellauf 1935 und hieß ursprünglich »Deutschland«. »Deutschland«, so salbungsvoll ausgesprochen, wie man es damals tat. Sonst stand nichts auf der Tafel.

»Wer ahnt heute, daß die ›Deutschland‹ nach 1945 zur ›Reine de la Nuit‹ mutierte? Unter den Franzosen natürlich … Das schreiben sie nicht hin, auf die Tafel. Typisch!« Marinus schüttelte seinen dicken Kopf. Jetzt, als »Überlingen«, war die

53

»Königin der Nacht« sympathisch heruntergekommen, hatte aber den Vorteil, daß man auf dem obersten Deck unter Dach sitzen konnte und vorne durch eine Glaswand die Kapitänskajüte sah. Noch heruntergekommener als die »Überlingen« war nur das kleine Boot »Wasserburg«, das ebenfalls in Konstanz im Hafen lag. Die »Königin Katharina« und die »Baden« waren unterwegs. Anna Katharina wollte unbedingt einmal auf der »Baden« fahren, weil dort das Zwischendeck mit echten Palmen ausstaffiert war.

Rechts und links neben der Kapitänskajüte auf der »Überlingen« befand sich je ein Lenkrad, daneben ein verstellbarer Hebel mit fünf Markierungen; man konnte das alles durch die Glaswand beobachten. Das Lenkrad drehte sich von selbst. Wäre Anna Katharina Fontane oder die Droste gewesen, hätte sie jetzt eine Geisterballade verfaßt über einen ruchlosen Bodenseekapitän, der durch Alkoholschmuggel aus der Schweiz zahlreiche Proletarierfamilien dem Ruin anheimgegeben hatte (Suff der Familienväter) und der nun zur Strafe geistern mußte. Er suchte sein Los dadurch zu verbessern bzw. endlich Erlösung zu erlangen, daß er das Schiff bei rauher See unsichtbar mitsteuerte. Wie z. B. jetzt, da Tief »Willy« endlich eingetroffen war und sie bei Regenkaskaden und Böen und hohen Wellen auf die Mainau zusteuerten. Am Landeplatz 1 stand eine kleine Kapelle mit einer Madonna, rotes Kleid, blauer Mantel, Jesuskind auf dem Schoß. Links von der Anlegestelle hielt ein Greif das Wappen von Baden in der Klaue: ein goldenes Schild mit rotem Streifen von links oben nach rechts unten. Sie gondelten weiter bis Überlingen, immer bei rauher See. Der Boden der Ex-»Deutschland« und Ex-»Reine de la Nuit« war grasgrün gestrichen und schon etwas verblaßt. In Überlingen lag die »Bodman« vor Anker, auf der sie nicht gratis fahren durften. Sie war giftgrün. Bei der Rückfahrt kamen zwanzig indische Nonnen an Bord, die ständig schnatterten und kicherten und gegenseitig Fotos machten. Auf der Mainau wechselten Anna Katharina und Marinus das Schiff und stiegen auf die »St. Gallen« um, die fast leer war. Auch hier konnte man noch im Freien sitzen, wenn man Kälte nicht fürchtete. Aber Marinus und Anna Katharina hatten beide ihre Schiffsregenmäntel mit sowie die Bodenseeschirmmützen. Sie harrten im Freien aus. In Kreuzlingen wieder die treuen Reiher auf CH 39 und 40, fünf Stück standen auf dem Schilfgrundstück. Wenn sie daran dachte, daß da schon einmal siebzehn Reiher gewesen waren!

Der nächste, der sich sich zeigte, stand auf dem Schiffszeichen Nr. 43, das vor Romanshorn schräg im See steckte. Sie wechselten wieder das Schiff: Diesmal stiegen sie auf die Fähre »Romanshorn« um, die gleiche, die Anna Katharina Matt in einem Buch im Jahre 1994 hatte untergehen lassen. Es war sogar die gleiche Abfahrtszeit wie damals, beim Schiffsuntergang. Eine Fahrt wie einst im Mai. Der See war nun meergrün. Mitten auf dem See glaubte Marinus, daß die Maschinen aussetzten, aber das Schiff fuhr immer weiter und brachte sie sicher nach Friedrichshafen. Dort wartete bereits das Apfelschiff »Stuttgart«, wo man Bodenseeäpfel um 50 Pfennig das Stück kaufen konnte. In Langenargen trug der Hafenmeister, dessen Gesicht einem Fisch glich, heute über seiner Dienstmutze mit Schirm eine Plastikhülle. Er brachte aber nicht, wie vorher oft, eine Kiste Erdbeeren an Bord, wahrscheinlich weil die »Stuttgart« das Apfelschiff war. Hier war der einzige Hafen, an dem noch ein hölzerner Pfosten zum Anbinden der Schiffe diente. Er trug tiefe Rillen, da, wo die Seile immer scheuerten, aber er hielt. Die »Möwe Jonathan«, ein altes Boot, lag allein vor Anker. Die Schweizer verwendeten selten Stahl, sondern meist Hanf für ihre Schiffstaue, in Türkis.

Heute waren wenige Reiher zu sehen, nur die Nummern 53 und – unglaublich, aber wahr! – 57b waren MR. Der Reiher von 57b schwang sich sogar in die Lüfte und wechselte auf 57a. In Langenargen gingen 10 Ratten von Bord, in Nonnenhorn und Wasserburg nur je zwei. Die rote Reiherkotztüte – oder war es der Lautsprecher vom Mittelpunkt der Erde? – in Wasserburg erschien ihr heute nur wie ein rotes Metalldreieck auf einem alten Pfahl. Würde es ihr je gelingen, die Dinge so wahrzunehmen, wie sie waren? In Bad Schachen war Marinus der einzige, der ausstieg. Sie fuhr bis Bregenz weiter und konnte noch erleben, wie in Lindau ein Rentner, der beobach tete, wie der Hafenmeister das Stahlseil um den Pfosten wand, bemerkte:

»Hahaha! Wenn der jetzt die Hand dazwischen bringt, dann ist sie ab.« Seine Frau dazu:

»Das ist sein Problem.«

Als sie nach Hause kam, hatte ihr Marinus wieder eine e-mail geschickt, diesmal unter dem Stichwort *Zöllner:*

In Lindau verlassen nur ganz wenige Fahrgäste den »Frisco-Dessert Liner«, denn die Schweizer bleiben meist an Bord, da sie noch nach Rorschach oder Romanshorn möchten. Die beiden Zöllner wollen wissen, wieviele denn in Schachen ausgestiegen seien? Dort wird nämlich meist nicht kontrolliert, vielmehr fährt die mobile Kontrolle direkt von Wasserburg nach Lindau. Einer der Schweizer Matrosen meldet lachend: »Zwanzig!« Den deutschen Zöllnern verschlägt es die Sprache, sie können es kaum glauben. Doch es dürften tatsächlich weit weniger gewesen sein, vielleicht zehn. In Schachen steigen gewöhnlich kaum Leute ein und aus, so daß hier zehn gleich wie zwanzig wirken müssen. Bei den meisten Anlegestellen sind kleinere oder auch größere Glocken installiert, sogar in Schachen. Besonders schöne alte Exemplare findet man in Langenargen oder auf der Mainau. Nach dem Fußacher Urbar konnten Fahrgäste, die etwas zu verzollen hatten, mit der Glocke den Zöllner herausläuten. Kam der Zöllner nach dem dritten Glockenton immer noch nicht, so konnte man frei abziehen. In der Europäischen Union haben die Glocken ihren ursprünglichen Sinn verloren. Kaum jemand kontrolliert heute ernsthaft die EU-Außengrenzen. In Friedrichshafen oder Lindau tut man allenfalls noch so, aber in Konstanz, Kreuzlingen oder Rorschach ist beim Grenzübertritt oft niemand zu sehen, von Schachen ganz zu schweigen. Da kommt es sogar vor, daß die Schiffe gar nicht mal festmachen, wenn sich niemand zeigt, der aus- oder einsteigen will.

Langkrummnacken

Heute hat sich Anna Katharina wieder mit Marinus getroffen, am Hafen, um 17 Uhr 25, zur Abfahrt des Schiffes. Ihres Schiffes, der »Karlsruhe«, mit dem sie schon so oft gefahren sind.

Sie finden gerade noch einen Sitzplatz auf dem unteren Deck, weil sie skrupellos genug sind, die Ketten, mit denen der Zugang abgesperrt ist, einfach auszuhängen. Marinus tut so, als ob er nie weggewesen wäre. Mitten auf dem See, zwischen Lindau und Bregenz, quillt hinter Lindau eine schwarze Wolke gegen den Himmel.

»Es brennt!« ruft Anna Katharina aufgeregt.

»Endlich ist was los«, meint Marinus.

Die schwarze Wolke wandert eigenartigerweise hinter der Skyline von Lindau nach rechts, dann wächst plötzlich ein neuer schwarzer Pilz zum Himmel.

»Das muß eine Dampflok sein!« Marinus ist einverstanden. Anna Katharina betrachtet auf der Fahrt auf dem spiegelglatten See inzwischen ein wenig die Schiffsglocke, die ja vermutlich für Brandfälle auf dem Schiff gedacht ist. Die Glocke auf der »Karlsruhe« trägt den deutschen Reichsadler und als Inschrift: »Gegossen von Carl Rosenlecher in Constanz 1871«. Schon wieder eine Erinnerung an die Gründung des Deutschen Reiches!

In Lindau wechseln sie auf die »Zürich«. Eine Frau in der Warteschlange trägt einen Plastiksack in der Hand, auf dem steht: »Literatur ist die Kunst, die Wahrheit zu erfinden.« Von der Fahnenstange vorne, am Bug, die eine Phantasieflagge »Bodensee« trägt, das Emblem der BSB, laufen zwei schmale Drähte zum Radar auf dem Dach der Kapitänskajüte, die aussehen wie Schabbesdrähte. Die Spitze der Fahnenstange ist unbewehrt. Heute sind die Reiher wieder eifrig am Sitzen auf ihren Pfählen, wo sie vermutlich auf Aale lauern. Schon Epicharmos hat die auf Aale und andere Fische lauernden Reiher in der Antike als »Langkrummnacken« bezeichnet, womit er eine gute Beobachtungsgabe bewiesen hat. Bei Nr. 60a startet die Serie, und in der Folge sind die Nummern 57, 57c, 54, 51 und 50 besetzt. Besonders der oder die Reiher auf Nr. 57 erwecken Anna Katharinas Bewunderung und innere Freude: Zuerst sieht das ganze 57er Revier leer aus, doch beim Näherkommen fliegt ein prächtiges Exemplar durch die Lüfte und setzt sich auf Nr. 57c. Wie um ihr eigens zu verdeutlichen, daß es eben so ist, wie es ist. Und auch auf der einfachen 57, die landnäher steht, entdeckt sie beim Näherkommen einen stattlichen Langkrummnacken. Bereits Plinius hat den Reihern mantische Fähigkeiten zugeschrieben, und zwar bedeuten sie fast immer etwas Positives. Auf Anna Katharinas speziellen Fall angewandt, ist der Reiher Nr. 57 so etwas wie ein ganzes Feld von Gänseblümchen mit ungerader Blütenblätterzahl.

In Wasserburg wechseln sie wieder auf die »Karlsruhe«. Der rote Erdmittelpunktlautsprecher sieht etwas ramponiert aus. Könnte es sein, daß beim letzten Sturm ein Wasserfahrzeug dagegengedonnert ist? In Nonnenhorn beim Aussteigen ruft der Hafenmeister heute, es ist wieder der Seebär von der Ostsee: »Nonnenhausen«. Marinus und Anna Katharina schlendern ein wenig an den Hafenliegern vorbei, plötzlich bleibt Marinus stehen und zieht ein Handy aus der Tasche. Er bedeutet Anna Katharina weiterzugehen, was sie auch macht, wenn auch zögernd. Sie versteht gerade noch das Wort »Weißwürste«, das er in die Muschel spricht. »Weißwürste«? Was er wohl damit meint? Und wen er wohl anruft? Sein Interesse für Zoll und Zöllner erscheint ihr plötzlich suspekt. Marinus ein Schmuggler? Vielleicht von Drogen? Heroin getarnt in Weißwürsten? Sie wird sich in acht nehmen müssen. Im Grunde weiß sie ja kaum etwas von ihm, außer daß er sich Dr. Zeeman nennt, aus Holland kommt, angeblich dort bei Unilever und hier in einem Firmenarchiv tätig ist und öfter verreist. Das Hotelzimmer in Bad Schachen hat sie strenggenommen auch noch nie von innen gesehen. Kennengelernt hat sie Marinus bei der Eröffnung einer Ausstellung über Wassertiere im Bodensee. Sie blieben beide zufällig vor dem gleichen Aquarium mit Trüschen stehen und kamen so ins Gespräch. Damals hat er sie auf ein Bier eingeladen, erzählt, daß er hier fremd sei, obwohl er die Gegend von früheren Aufenthalten und irgendwelchen Forschungen ganz gut kenne und sie gefragt, ob er ihr ein Geschenk machen dürfe. Das Geschenk war die flotte Flottencard. Und deshalb treffen sie sich fast täglich am Hafen um 17 Uhr 25, um den Bodensee zu zweit zu beschiffen.

Anna Katharina tut, als ob nichts wäre und schlendert mit Marinus bis zum Café Lanz weiter. Heute gibt es kein Malagaeis. Sie müssen sich beeilen, weil das Gegenschiff schon von Kressbronn herbeidampft. Es ist die »Vorarlberg«. Die Fahne vorne hat noch immer einen riesigen Fettfleck. Auf dem Fahnenmast sind Abwehrstacheln angebracht, wahrscheinlich damit sich keine Vögel darauf setzen und alles vollscheißen können. Auch bei der Rückfahrt lassen sie die Reiher nicht im Stich: 50, 54, 55a, b, 57b und c sind wieder besetzt. 57 scheint es wirklich darauf angelegt zu haben, sie zu überzeugen. Anna Katharina ist mit dem Wahlspruch »Dubito ergo sum« aufgezogen worden und braucht lange, bis sie etwas glaubt. Aber die Reiher, unterstützt von den antiken Autoren, überzeugen sie immer mehr. In Alwind schwimmt heute ein Postler mit einer Schwimmunterlage weit vom Ufer entfernt, die anderen, fünf an der Zahl, halten sich auf der Treppe auf. Der Löwe, der auf einem Sockel rechts vom Hafen steht und zu dem bei Sturm die Wellen hinaufpeitschen, blickt lethargisch Richtung Lindau. In Bad Schachen verläßt sie Marinus wieder und eilt Richtung Hotel davon. Aber wer weiß, wo er wirklich hingeht. Weißwürste! Daß sie nicht lacht! Wo doch jedes Kind weiß, daß man Weißwürste vor dem Mittagsläuten essen muß.

Montanus

Und nun hat Montanus wieder zugeschlagen. Montanus, den sie wegen Marinus sträflich vernachlässigt hat und der auch gar nicht Montanus heißt. Er heißt Viktor, aber seit sie Marinus kennt, nennt sie ihn Montanus. Er hat sie zu einem Glas Wein eingeladen, um ihr dabei seine Dias zu zeigen. Dias von einer Pilgerfahrt zu Fuß zum Kailasch, dem Heiligen Berg der Tibetaner, den noch nie jemand bestiegen hat. Mit dabei ist ihr Geigenlehrer, den er auch kennt. Ihr Geigenlehrer heißt Georg und ist neunundsiebzig. Der Wein, den Montanus serviert, stammt aus Chile. Georg und sie bekommen Willkommensschals umgehängt, weiß, aus Seide. Dann zieht Montanus aus einem Dekkenbalken seines Hauses eine versteckte, zwei mal zwei Meter große Leinwand hervor und zeigt die Dias. Dazu Musik von Arvo Pärt. Der Kailasch, eine gewaltige, schneebedeckte Kuppel mit Stufen in schwarzem Stein, die natürlich sind und unter dem Schnee hervorschimmern. In der Landschaft hängen immer wieder Gebetswimpel, wie ausgebleichte Wäsche auf einer Leine oder wie Kunstwerke zeitgenössischer Künstler. Ein See auf 5000 Meter Höhe. Montanus glaubt, daß die Spiritualität der Tibetaner auch von dem Licht herrührt, das in diesen Höhenlagen herrscht und das es sonst nirgends auf der Welt gibt.

»Daß die Tibetaner im Exil Heimweh haben, das versteht man, wenn man dieses Licht gesehen hat.«

Der Großvater von Montanus war einer der ersten Flieger im österreichisch-ungarischen Heer gewesen. Die Luftwaffe gehörte damals noch zur Marine. Vielleicht kommt Montanus' Drang zur Höhe daher. Sein Großonkel war der erste Mensch, der mit dem Fahrrad um die Erde gefahren ist, gemeinsam mit einem Inder, im Jahre 1927, als er arbeitslos in Wien herumhing und nicht wußte, was er tun sollte. Die einzige größere Panne war ein Unfall in Thailand, als er mit einem Elefanten zusammenstieß und ins Spital mußte.

Marinus läßt ihr keine Ruhe. Er ist wieder einmal verschwunden, angeblich ist er hinter einer heißen Sache her, wie er sich auszudrücken pflegt. Die heiße Sache sind angeblich

Zollakten in St. Gallen, weshalb er dort im Archiv arbeiten muß. Ob sie das glauben soll? Wen interessiert das schon? Vor lauter Frustration hat sie sich ins Kulturleben geworfen und an der Eröffnung der Bregenzer Festspiele teilgenommen. Alles nur für geladene Gäste mit Eintrittskarten. Plötzlich stehen alle auf: Der Bundespräsident und die Ehrengäste marschieren ein. Alle setzen sich wieder. Die Wiener Symphoniker sitzen auf der Bühne, umrahmt von Blumenarrangements mit Löwenmaul und hochragenden Gräsern. Der Dirigent betritt die Bühne, dynamisch, kurzgeschoren, mit langem Gehrock. Er sieht aus wie ein Hetman der Donkosaken. Das Orchester intoniert die Bundeshymne. Alle stehen wieder auf. Der Militärkommandant steht die ganze Zeit mit der rechten Hand an der Uniformmütze stramm. Dann noch die Landeshymne. Von einem Symphonieorchester gespielt klingt sie wie Filmmusik. Dann darf man endlich wieder sitzen. Der Festspielpräsident tritt ans Rednerpult, dann der Kulturstaatssekretär. Blonde Haare, gen Himmel ragend, Burgtheaterschauspielerstimme. Schon bei der Begrüßung merkt man die bewußte Artikulation. Was auf sie niederdonnern wird, soll eine Bußpredigt sein, im Stile Abrahams a Sancta Clara, obwohl der Redner weiß, daß Bußpredigten unwirksam sind. Er ist für die Globalisierung. Die Kunst muß da mithalten. Österreich ist eine Kulturnation, weil österreichische Künstler dank finanzieller Unterstützung des Staates und privater Sponsoren im internationalen globalisierten Wettstreit mithalten können. Als Höhepunkt der Satz:

»Hier am Bodensee bin ich fast versucht zu sagen: Ich bin ein Vorarlberger.«

Neben Anna Katharina sitzt eine Wiener Dame, die sie entgeistert anblickt:

»Ja, wollen S' den denn?«

Dann der Bundespräsident. Schon vorher, bei der Truppenparade unter strömendem Regen, die Militärmusikanten hatten ihre Klarinetten mit Nylonsäcken geschützt, blickte er wie Napoleon auf das französische Expeditionsheer vor den Pyramiden Ägyptens. Das Kinn in die Höhe gereckt, die Augen in eine unbekannte Ferne. In Österreichs Zukunft? Nun schaut er das

61

Staatsvolk mit besorgter Miene an und äußert sich zum Thema »Fest«, obwohl das das Thema des offiziellen Festredners ist. Das Staatsvolk wird an seine moralischen Pflichten erinnert.

»Die heurige Oper im Haus hat Außenseiter als Hauptfiguren. Der eine ist ein sozialer Außenseiter, der andere geistig behindert. Es genügt nicht, Außenseitern Toleranz entgegenzubringen. Man muß sie auch respektieren.«

Die Wienerin neben Anna Katharina meint:

»Heut is er wieder staatstragend.«

Und dann der Schlußsatz:

»Die Bregenzer Festspiele Zwo-null-eins sind eröffnet.«

Mit diesem Satz hat er sich 1800 Jahre zurückkatapultiert.

Die Wiener Symphoniker spielen ein kleines Stück von Puccini, sehr lyrisch, gar nicht festlich. Obwohl der Dirigent temperamentvoll mit den Händen in der Luft herumrührt, kommt nicht mehr aus den Geigen heraus als ein feiner Klang.

Nun der Festredner, der deutsche Zeitungsherausgeber, der früher Verleger und dann Staatsminister war. Er wirkt erfrischend. Man fühlt sich als Staatsvolk nicht wie ein Heer geduckter Kirchenbesucher und nicht wie eine Klasse von Hauptschülern, denen Moral beigebracht wird. Er spannt einen Bogen von dem bevorstehenden G 8-Treffen in Genua über irgendwelche Reichstage im Mittelalter bis zur Eröffnung des Suezkanals, als die englische Königin auf ihrer Jacht »Eagle« vorfuhr und der österreichische Kaiser auf der »Greif« und der deutsche Thronfolger Wilhelm sich brüskiert fühlte, weil sich zwei österreichische Schiffe vordrängten. Tja, damals… da war Österreich noch eine Großmacht, wenn auch eine geschlagene, denn 1866 war noch nicht so lange vorbei. Jetzt wird der Bodensee als die »Seele Europas« beworben, und Österreich ist ein kleiner Streifen am Ufer. Wenn auch mit den schnellsten Schiffen.

Beim anschließenden Buffet fürs Volk im Freien, es regnet, aber es gibt ein Zelt und *fingerfood*, das heißt, man muß alles, was auf großen Platten herumgereicht wird, z.B. gebackene Fischstücke, kleine Wienerschnitzel, kleine Spieße oder Mozarella mit Tomaten und Basilikum, aus den Händen essen, ausgerüstet bloß mit einer Papierserviette, mischt sich der Bundespräsident noch einmal unter das Fußvolk, bewacht von Bodyguards mit kahlrasierten Schädeln und Leitungsdrähten von irgendwelchen Geräten im Ohr, die unter ihren Krägen verschwinden. Anna Katharina trifft eine alte Freundin, mit der sie bereits den Kindergarten besucht hat, und sie unterhalten sich über die Hüte der Damen. Einer hat es ihnen besonders angetan, ein schwarzes Monstrum mit einer Schleife.

»Paßt eher zu einem Begräbnis.«

»Oder nach Ascot. Aber dort nur als Unterlage für eine Garnitur, z.B. einen ausgestopften Geier.«

Wahrscheinlich ist Anna Katharina so mißmutig, weil Marinus einfach nichts von sich hören läßt. Diese heiße Sache, wer weiß, was das ist! Oder wer das ist. Trotzdem besteigt sie zur gewohnten Zeit die »Karlsruhe«. Heute ist Föhn, über den Drei Schwestern lagert ein Sauriergerippe aus Wolken, der Säntis sonnt seine Schneeflecken, weiter unten, Richtung Konstanz, erhebt sich ein graues Wolkengespenst über der Schweiz. Nur die zuverlässigsten Reiher sind heute auf dem Posten: 57b, 57a, 53 bei der Fahrt nach Nonnenhorn, 57b und 53 bei der Rückfahrt. In Bad Schachen fragt der Matrose der »Austria« den Hafenjüngling:

»Wo warscht in der Früah?«

Die Antwort hört man nicht, weil das Schiff ganz gegen die sonstigen Landegewohnheiten gegen die Anlegepfosten donnert.

Dann wiederholt er die Frage.

Der Jüngling antwortet, er sei erst ab Mittag im Einsatz. Am Morgen mache jemand anderer Dienst.

»Wia hoaßt der?«

»Julian.«

»Seischt eam: Wenn er s'nägschte Mol varschloft, hättand mir denn o gern a Fläscha Rioja.«

In Bregenz, beim Aussteigen, lautet die Ansage zuerst:

»Bregenz«.

Dann:

»Bregenz City«

Und dann:

»Bronx West«.

Jetzt weiß Anna Katharina wieder, daß sie in der vorarl-
bergschen Metropole ist.

Tod, Grab und Richter

Marinus ist plötzlich wieder aufgetaucht. Er hat Anna Katharina angerufen und ihr eine längere Fahrt vorgeschlagen. Wahrscheinlich hat er ein schlechtes Gewissen. Sie überlegt, ob sie hochmütig und gleichgültig ablehnen oder eine andere Verabredung vorschützen soll, aber sie tut es nicht. Sie treffen sich um 6 Uhr 59 am Hafenbahnhof und fahren nach St. Margrethen. Dort kauft sie schnell zwei Kipferl, Marinus besorgt am Automaten die Fahrkarten, und weiter geht's nach Arbon, wo sie den Migros plündern. Dann wieder bis Kreuzlingen mit der Bahn und von dort, vorbei am Fischgeschäft, zum Hafen, wo heute die »Munot« für sie bereitliegt. Zwei Störche haben ihnen bei Egnach von einer Wiese beim Vorbeifahren mit dem Zug zugeschaut, zwischen Kreuzlingen und Konstanz sind die Reiher gut vertreten. Marinus geht heute allein zur Bibliothek – Bibliothek! Daß sie nicht lacht! –, ihr schlägt er vor, inzwischen auf der »Baden« herumzufahren, was sie sich doch immer schon gewünscht habe. Anna Katharina setzt sich auf das Deck mit den Palmen, dann geht sie ins Innere, in den Salon im Stil der sechziger Jahre, mit schwarzen Möbeln und einem Schild: »Das Rauchen ist einzustellen, wenn ein Fahrgast dies wünscht.« Auf der Rückfahrt – sie treffen sich zum Schnellkurs auf der Insel Mainau – ist Marinus schweigsam. Wer weiß, was er wirklich gemacht hat, an diesem Vormittag ohne sie. Sie muß an die siebzig Leichen denken, die auf dem Grunde des Sees liegen. Pro Fischart im Bodensee trifft es zwei Leichen, denn im Bodensee leben 35 Edelfischarten. Am nächsten Vormittag sieht sie fern und erwischt die Eröffnung der Salzburger Festspiele. Nun erklärt der Bundespräsident: »Europa muß in die Tiefe vergrößert werden, denn dort wird es grenzenlos.« Das bestärkt sie in ihrem Vorsatz, den Leichen auf dem Seegrund nachzugehen.

Marinus ist schon wieder abgetaucht. Wenn das so weitergeht! Trotzdem besteigt sie die »Karlsruhe« um 17 Uhr 25. Diese hat aber so viel Verspätung, daß die »Zürich« in Lindau vor ihrer Nase abfährt und sie nur schnell auf die »Karlsruhe« zurückspringen kann. Sie hätte es ahnen können, denn die

Lautsprecherstimme hatte verkündet, daß sich Reisende nach Rorschach und Romanshorn beim Fahrkartenschalter melden sollten. Da sie nur bis Wasserburg wollte, fühlte sie sich nicht betroffen. Wahrscheinlich hätte man die »Zürich« sonst extra für sie aufgehalten. Die Pechsträhne geht weiter, denn heute sind nur die Tafeln 64, 62b und 55a MR. 57 ist erstmals RF. Sie steigt in Wasserburg aus, weil sie befürchtet, wegen der Verspätung in Nonnenhorn das Gegenschiff nicht mehr zu erreichen. Das ermöglicht ihr wieder einmal einen gemütlichen Spaziergang zum Friedhof. Noch einmal blickt sie an der Eiche am Eingang empor und liest die Tafel: »Zur Erinnerung an den Friedensschluß am 10. Mai 1871«. Beim Grab von Horst Wolfram Geißler stellt sie fest, daß sie sich geirrt hat: Er wurde nicht 99, sondern bloß 89 Jahre alt, trotz seines Humors. Ein Grabstein gefällt ihr wegen des Namens besonders gut:
»Hier ruhen in Gott unser lb. guter Gatte u. Vater Xaver Fleischhut« usw. Sie schlendert ein wenig aus dem Friedhof hinaus und an einem umgebauten, aber noch nicht fertiggestellten Haus vorbei. Auf einer Bank sitzen drei Touristen, einer davon kommt aus Graz, und unterhalten sich über günstige Ferienwohnungen. Zurück auf dem Friedhof entdeckt sie links an der Mauer eine schwer leserliche, unscheinbare Tafel:

»Denkmal«
Dankbarkeit und Liebe weihen dieses Denkmal ihrer dahingeschiedenen lieben Mutter und zwei Brüdern.
Marianna Köberlin, geb. Sporrädle
geb. d. 26. März 1770, gest. d. 9. April 1850
Franz Joseph Köberlin
geb. d. 18. April 1803, im See ertrunken d. 6. Augst. 1850
Jakob Köberlin
geb. d. 19. Novbr. 1806, im See ertrunken d. 6. Augst. 1850.
O sich'rer Mensch, besinne dich,
Tod, Grab und Richter nahen sich!
In allem, was du denkst und thust
Bedenke daß du sterben must.
R. I. P.

Darunter ist ein Anker mit zwei gekreuzten Rudern eingraviert.

In Alwind tummeln sich heute die Postler geradezu in Scharen: Ein Postfräulein promeniert im Bikini am Strand entlang, andere Alwins und Alwinen lagern sich auf den Stufen. In Bad Schachen fährt ein Mann mit einem Ruderboot, in dem ein Fahrrad liegt, auf die Schiffsanlegestelle zu. Es donnert, rechts vom Pfänder wölbt sich ein Stück eines Regenbogens. Sie bleiben vom Gewitter verschont.

Hedy Fischer

Nun ist es sicher, daß das Reiherorakel zuverlässig ist: Anna Katharina hat den Uwe-Johnson-Preis nicht gewonnen. Was voraussehbar war. Was ihr mehr zu denken gibt, ist die Tatsache, daß Nr. 57 RF war. Dabei hat sie doch gerade kürzlich auf der »Zürich« einen Prospekt der Schweizer Bodenseeschiffe mitgenommen, mit einem Pauschalangebot zur Festspieloper »La Bohème«: Man kann um 310 oder um 340 Schweizer Franken von Romanshorn, Arbon, Horn oder Rorschach hinfahren und bekommt auf der Fahrt ein Menu serviert, dessen Gänge an Deutlichkeit nichts zu wünschen übrig lassen:

Apéro

Ouverture
Frischer Nüsslisalat »Mimi« mit geräucherten Entenbrust-
streifen und Orangenfilets an italienischer Vinaigrette

Hauptakt
Schweinsfilet »Puccini« im Ganzen gebraten an Cognac-
rahmsauce, Pilaw-Reis, Karotten à la Parisienne
und frischer Blattspinat

Finale
Eis-Herz »Amore« mit frischer Früchte-Palette
(Dessert auf der Rückfahrt)

Heimlich hatte sie sich schon so eine Fahrt ausgedacht, mit dem Begleiter, der sich in Form des Reihers auf Nr. 57 geoffenbart hat. Und nun ist er ausgeblieben!

Dafür ist Marinus plötzlich wieder aufgetaucht. Schon am Telefon schien er ihr besonders freundlich zu sein, und als sie sich diesmal trafen, an einem Donnerstagnachmittag, bereits um 15 Uhr 30, zur Fahrt nach Rorschach, sprudelte es geradezu aus ihm heraus:

»Stell dir vor, was ich in St. Gallen alles entdeckt habe, das ist spitze. Neben mir im Lesesaal habe ich eine Forscherin kennengelernt, aus Horn am Bodensee. Hedy Fischer aus Horn. Die forscht über Studentengeschichte der Jahrhundertwende an der Handelshochschule. Die Studenten kamen nicht nur aus der Schweiz, sondern sehr viele aus Moldavien, Polen oder Rumänien und Bulgarien. Viele Juden darunter. Die Studenten mußten einen Aufsatz schreiben ›Mein bisheriges Studium‹, und da haben sich viele über St. Gallen geäußert. Einer z.B., ein Pole, meinte, nach der Großstadt Warschau sei ihm das kleine Ostschweizer Städtchen manchmal schon sehr sonderbar vorgekommen. Besonders manche Sitten und Gebräuche der Einheimischen, gerade, daß er nicht geschrieben hat, der Eingeborenen, fand er seltsam. Aber die Schweiz hatte es ihm angetan: Das Vaterland der Freiheit. Die Polen, Polen gab es damals nicht, es gehörte zu Rußland, die Polen haben ihr Museum dort, in Rapperswil, und viele wichtige Polen lebten in der Schweiz, z.B. Minkiewicz. Außerdem mußten die Studenten einen Aufsatz über das Kinderfest in St. Gallen abfassen. Hedy Fischer hat da Beispiele in Französisch, Spanisch und Italienisch entdeckt. Vollkommen polyglott. Und am tollsten ist dieser Akt« – er zog einen Bogen aus seiner Tasche –, »dessen Exzerpt sie mir geliehen hat, es geht da nämlich auch um Zollgeschichte, über die Tochter des Lagerhausverwalters der SBB in Romanshorn, die hat auch in St. Gallen studiert. Sie hieß Clara Schopf, ihr Vater Ferdinand. Im Sommersemester 1905 belegte sie den Vorkurs, im Wintersemester 1905/6 war sie dann Studentin. Und das Beste: Vom 1. Oktober 1905 bis 1. April 1906 war sie Fahrschülerin mit dem Privileg des Unterrichtsbeginns erst um 10 Uhr. Ihr Vater hat mit der Einnehmerei der SBB in Romanshorn eine Korrespondenz geführt wegen ihrer Schülerdauerkarte. Ich muß mir unbedingt Zugang zu diesem Speicher verschaffen.«

Eine solche Suada hatte Anna Katharina von Marinus überhaupt noch nie gehört. Sollte sie ihm das glauben? War es möglich, daß sich ein erwachsener Mann so in die Biographien von Studenten in einem kleinen Ostschweizer Städtchen um die Jahrhundertwende einleben konnte? Interessierte er sich nicht viel eher für diese Hedy Fischer? Oder war Marinus vielleicht ein Menschenschmuggler, der Leute aus dem ehemaligen Ostblock in die Schweiz einschleuste? Und sein plötzliches Interesse für den Hafenspeicher in Romanshorn? Wollte er da vielleicht Schmuggelware unterbringen? Marinus verwirrte sie immer mehr.

Das Schiff, das sie nun bestiegen hatten, war die »Königin Katharina«, ein deutsches Gefährt aus dem Jahre 1996, lang und flach und sehr ruhig im Lauf. Man hörte überhaupt keinen Motor dröhnen. Das Deck war überfüllt, die Sonne brannte hernieder, es herrschte richtige Urlaubsstimmung. Die Fahrt ging nahe am österreichischen Ufer entlang, das vollkommen von Natur überzogen war. Nichts als Büsche und Bäume. Hoch in der Luft schwebte der Zeppelin auf einer Ausflugsfahrt über ihnen hinweg. Er näherte sich dem Pfänder, und dann sah es aus, als ob er am oberen Rand des Berges entlangkröche, bevor er wieder kehrt machte und Richtung Friedrichshafen zurückschwebte.

»Am 1. August fliegt er nach Luzern und nimmt Post mit«, erzählte Anna Katharina.

Marinus war verblüfft über ihre Kenntnis der Postwege.

In Rorschach stiegen sie aus und begaben sich wieder auf einen Raubzug in den Migros. Die Krustenkränze waren im Sonderangebot. Marinus kaufte immer große Mengen Grüne Pfeffersauce in Tüten, angeblich für eine Schwägerin in den Niederlanden. Als ob die dort keine Saucen hätten! Nach einer Stunde lief die »Königin Katharina« wieder aus und brachte sie nach Langenargen, wo sie von Bord gingen. Das Fischgesicht band sie fest, es sah aber gar nicht mehr aus wie ein Fischgesicht, in seinem blauen Overall, da es ganz und gar braungebrannt war, im Gesicht und auf der Glatze. Braungebrannte Fische – ein Ding der Unmöglichkeit. Oder doch nicht, wenn man an Bratheringe dachte. Die altmodische Hafenglocke mit ihrem Seil, sie konnte die Zahl 1889 entziffern, die in erhabener Schrift zu lesen war, war vollkommen von Spinnweben umhüllt. Man müßte einen Vorwand finden, um sie endlich einmal zu läuten.

Mit absoluter Pünktlichkeit lief dann die »Austria« ein und entließ 101 Ratten aus ihrem Bauch. Sie gingen, wie üblich, aufs Vorderdeck, das noch ziemlich voll war, aber neben dem Abfalleimer waren noch zwei Stühle frei. Anna Katharina lehnte sich an die Brüstung, die hier massiv aus Metall war, nicht wie auf der »Karlsruhe«, wo man bequem die Füße aufs Geländer legen konnte und eine viel bessere Sicht hatte.

»Weißt du, woran mich das erinnert?« fragte sie Marinus. Er schüttelte den Kopf.

»An eine Rednertribüne. Rostrum, der Schiffsschnabel, das war doch schon bei den alten Römern so. Von hier aus könnte ich ihnen eine Strafpredigt halten, den Kulturidioten, die mich so aufregen.«

»Dann tu's doch!« meinte Marinus.

Sie war aber durch die Reiher abgelenkt. Das heißt, durch den absoluten Mangel an Reihern. Nicht einmal auf der Nr. 50 in Nonnenhorn war einer zu sehen. Selbst der ausgestopfte Reiher hatte seinen Posten verlassen. Dafür saßen überall Möwen, manchmal auch zwei oder sogar drei.

»Schon in der Antike galten die Möwe und die Spitzmaus als Feinde der Reiher, schlag mal bei Plinius nach. Außerdem der Adler, der Fuchs und die Haubenlerche und der Specht. Krähen hingegen sind Reiherfreunde. Hier haben eindeutig die Möwen das Ruder übernommen, wenn ich mich so ausdrücken darf.«

Manchmal nervte sie Marinus mit seiner Gelehrsamkeit. In Wasserburg gingen noch einmal 67 Ratten von Bord, man merkte fast, wie das Schiff einen Zentimeter aus dem Wasser auftauchte. Auf Nr. 55b saß endlich der erste Reiher, doch 57 war zu ihrem Schrecken vollkommen, absolut vollkommen reiherfrei. Alle 4 Tafeln dieses Zeichens, die Nr. 57 allein sowie 57a, b und c!!!!!! Was das wohl zu bedeuten hatte? Dafür saßen auf 60b plötzlich zwei Reiher. Waren sie in der Paarungszeit? Das würde die Anzahl der besessenen Tafeln um die Hälfte reduzieren. Oder waren sie auf Urlaub? Oder in Streik? Oder hatte der Ausbruch des Ätna auf Sizilien etwas damit zu tun? Man konnte ja nie wissen. Tiere, die schon in der Antike wichtig waren, hatten sicher eine besondere Beziehung zum Mittelmeer.

Die Postler in Alwind hingegen feierten heute geradezu Anwesenheitsorgien: sieben im Wasser und fünf auf den Stufen. Das war bisheriger Rekord. Aber auch hier, auf Nr. 59, saß kein Reiher, sondern eine Möwe. Wenn die Tafeln wenigstens leer gewesen wären! Aber so …

Mit Grübeln kam sie nicht weiter, und Marinus verließ in Bad Schachen, wie üblich, das Schiff. Wenigstens sagte er zum Abschied nichts von Weißwürsten. Er deutete nur etwas von Bieren an, die er nun zu trinken gedächte.

Damit war er wieder für einige Zeit verschwunden. Sie fuhr am Samstag nach Lindau, allein. Die Ausfahrt aus dem Hafen von Bregenz absolvierte sie diesmal mit dem Blick zurück. Dabei fiel ihr erstmals eine Tafel auf der Hafenmauer auf: »Die Einfahrt in den Bundeshafen ist allen Motorbooten untersagt.« Den Rest konnte man nicht lesen, es war aber kein Hafenkommissariat.

Am Sonntag ließen ihr die Reiher keine Ruhe mehr. Sie mußte nachschauen fahren, ob die Nr. 57 besetzt war oder nicht. Sie bestieg wieder die »Karlsruhe«, um 17 Uhr 25. Die Fahne mit der Werbung für die Bregenzer Festspiele war kaum mehr leserlich:

»t aem Sc ff zu den Bre enzer Festsoielen«, so sah sie nun aus. In Lindau Umsteigen auf die »Zürich«, wie üblich. Heute Eis: Nuß und Vanille. Anna Katharina sitzt auf dem Vorderdeck, auf der Bank. Vor ihr steht eine junge Frau und streckt ihr ihr Hinterteil ins Gesicht. Daneben ihr Freund. Die beiden tun so, als ob in der Bankreihe hinter ihnen kein Mensch säße. Am liebsten hätte Anna Katharina gesagt: »Strecken Sie mir Ihren Hintern nicht dauernd ins Gesicht«, aber sie sagte nur: »Könnten Sie etwas zur Seite gehen, Sie verdecken die ganze Aussicht.«

Bis Lindau war kein Reiher zu sehen gewesen, aber das war nichts Ungewöhnliches. In Alwind tummelten sich wieder die Postler beiderlei Geschlechts auf der Treppe und im Wasser. Vor Wasserburg wurde es spannend. Und siehe da: Die Nr. 57a war MR! Und dann auch noch 55a, aber das war auch schon alles. Nr. 50 in Nonnenhorn fehlte auch heute. Sie spazierte wieder zum Café Lanz, aber es gab kein Malagaeis. Dafür ein neues Schild bei den Hafenliegern, daß hier eine Flagge im Wind flattere, die von der »Deutschen Gesellschaft für Umwelterziehung e.V.« vergeben worden sei, für umweltbewußte Hafenführung. Vorne, beim Wärterhäuschen, wurden gerade die Rolläden heruntergelassen, als sie herbeischlenderte. Die »Austria« war in der Anfahrt, es war das letzte Schiff, jemand sagte laut im schwäbischen Dialekt:

»Fe-jer-o-bed«, was hochdeutsch Feierabend bedeutet. Es war gar nicht die »Austria«, sondern die »Vorarlberg«, was sie beim Näherkommen bemerkte. Die »Vorarlberg« erkannte sie schon von ferne am Sonnensegel auf dem zweiten Oberdeck. Der Kapitän rief beim Anlegen »Servus« herunter, der Hafenmeister, der aussah wie ein Ostseematrose, machte einen Hofknicks. Das Anlegemanöver war heute besonders elegant: Die zwei Matrosen warfen die dicken Stahlseile um die drei Anlegepfosten auf jeder Seite – wie Wassercowboys ihre Lassos – und zurrten sie dann fest.

Der Ostseematrose übergab der Besatzung vor der Abfahrt eine Flasche Roséwein. Auch bei der Rückfahrt war 57a MR, dazu noch 55b und sogar 53. Das Nebelhorn bei der Ausfahrt schallte so laut, daß schon wieder die Fahrgäste fast von den Sesseln gefallen wären. Die machten das extra. In Wasserburg wartete der zuverlässige alte Goethe, Handschuhe an und die Frisur perfekter denn je: Die weißen Haare waren alle von einem Punkt am Hinterkopf aus wellenförmig nach vorne und oben frisiert, so daß eine eventuell vorhandene Glatze effektvoll verdeckt wurde. Bei Sturm benötigte eine solche Frisur sicher eine große Menge Gel oder Festiger. Jemand auf dem Schiff, ein älterer, bärtiger Herr mit einheimischem Akzent, sagte bei der Anfahrt auf Wasserburg:

»Siehst du, da marschiert der Pfarrer.«

Sie sah gar niemanden. Dann diskutierte der Bärtige mit seiner Begleiterin, die einen Damenschnurrbart trug, über die gelbe Farbe des Hauses.

»Schon a weng heftig gelb«, meinte die Dame. »Wir daheim haben Maisgelb Nr. 16. Da solltest du eine Dose aufheben, falls wir nachstreichen müssen.«

Beim Weiterfahren unterhielten sich vier schicke junge Menschen über die Häuser am Ufer.

»Weißt du, woran mich das erinnert?« sagte einer. »An ein Haus in Martha's Vineyard.« Soweit hatten sie es also schon gebracht, am Bodensee.

Cozfred und Regenhelm

Marinus ist wieder aufgetaucht und hat eine Charmeoffensive gestartet. Gestern fuhren Anna Katharina und Marinus, wie üblich, um 17 Uhr 25 ab, es war aber nicht, wie üblich, die »Karlsruhe«, sondern die »Baden«. Das Schiff mit den Palmen auf dem Deck! Marinus überreichte Anna Katharina, sozusagen unter Palmen, ein in Silberpapier eingewickeltes Geschenk mit einer roten Masche und mit den Worten: »Tauchen geht auch geistig.«

Von außen hätte sie gewettet, daß es ein Buch sei – und es war auch ein Buch. Es war der Roman über die Schiffsunglücke auf dem Bodensee. An die Existenz dieses Romans hatte Anna Katharina gar nicht mehr geglaubt, und nun hielt sie ihn in der Hand. »Cozfred und Regenhelm« lautete der Titel.

»Wer ist denn das?«

Anna Katharina blätterte ein wenig in den Seiten herum.

»Das sind zwei Mönche des Klosters Reichenau, die am 12. Mai 780 bei einem Schiffsuntergang ›auf dem Meer‹, wie es in der entsprechenden Urkunde heißt, ihr Leben gelassen haben, gemeinsam mit Nono, Deodatus, Heriman, Cumpolt, Rambret, Sinbret, Irmenhart, Lanfret, Paldhere, Sigeleid, Coldine, Lantwin, Willimar, Hatto, Waltpret und Coutleh. Wahrscheinlich auf einer Wallfahrt.«

Anna Katharina nahm sich vor, beim nächsten verregneten Wochenende oder beim nächsten heißen Liegestuhltag literarisch in die Tiefen des Sees einzutauchen. Beim Durchblättern der Seiten hatte sie schon festgestellt, daß das Ganze von einer Bodenseeklabauterfrau berichtet wurde, die, an die Strickleiter der »Möwe Jonathan« im Hafen von Langenargen geklammert, sich entsetzlich langweilt, weil ihr Schiff nie mehr ausläuft. Deshalb erzählt sie den Möwen zweitausend Jahre Schiffsuntergänge und Seeunglücke auf dem Bodensee.

Anna Katharina schlenderte ein wenig an Bord der völlig überfüllten »Baden« umher und landete im Salon, wo sie das Raucherschild noch einmal inspizierte. »Das Rauchen ist einzustellen, wenn es ein Fahrgast wünscht«, eine hochsympathische

Formulierung. Doch nun sah sie in einer Ecke des Schildes ein noch kleineres Täfelchen, auf dem stand: »Historisches Dekorationsstück«.

Die Reiher glänzten heute wieder durch Abwesenheit, erst auf Nr. 57b (57b!!!!!) saß einer, und dann noch auf 55a. Sonst war das ganze Gewässer bis Wasserburg und retour absolut RF. Als ob es nie welche gegeben hätte. Anna Katharina und Marinus fuhren an diesem Tag nur bis Wasserburg, weil die »Baden« wegen der vielen Touristen so verspätet war, daß das Gegenschiff in Nonnenhorn nicht mehr sicher zu erreichen gewesen wäre. Marinus schlug wieder einmal einen Spaziergang auf seinen geliebten Friedhof vor – sie waren schließlich in Hydropolis-Nekropolis. Wegen der Hitze hingen sie ihre Arme in den Brunnen vor dem Friedhofseingang. Am Grund schimmerte ein Einmarkstück.

»Tauch doch und hol es raus!« schlug Marinus vor.

»Das darf man nicht, das bringt Unglück. Dieser Brunnen ist die Fontana di Trevi von Hydropolis.« Wie konnte man nur so geldgierig sein!

Sie bewegten sich nur langsam an der rechten äußeren Friedhofsmauer entlang. Hier wären noch Lücken für Gräber gewesen, aber ohne Seesicht. Ein Organist lag hier, und dann ein Dampfbootmaschinist. Das wäre doch eine schöne Umgebung für die letzte Ruhe gewesen!

Auf der »Austria« machte Marinus seinen nächsten Vorschlag.

»Morgen ist der 1. August. Wie du sicher weißt, der Schweizer Nationalfeiertag, da gibt es ordentlich Feuerwerke und Höhenfeuer. Ich bin eingeladen, bei Freunden in Lindau, in ein Haus mit Seeblick. Wenn du willst, kannst du mitkommen.«

Anna Katharina wollte.

Am 1. August machte sie blau und verbrachte den Tag im Nobelschwimmbad von Bad Schachen. Hier hätte sie die Mark aus der Fontana di Trevi von Wasserburg gut brauchen können, der Eintritt kostete nämlich 19 Mark. Aber was sollte es! Sie war früh aufgestanden, hatte das erste Morgenschiff um acht Uhr bis Lindau genommen, unter den Strahlen der aufgehenden

Sonne, die hinter dem Pfänder hervorbrachen, und dann den Weg zu Fuß bis Bad Schachen fortgesetzt, weil das Morgenschiff nicht in Bad Schachen anlegte. Dort angekommen, mußte sie klingeln, um eingelassen zu werden. Die Umkleidekabinen waren noch aus Holz, ebenso der Liegestuhl, den sie mietete. Sie stellte ihn vorne am Geländer auf, wo die geschwungene Treppe ins Wasser führte, damit sie ihre Beine hochlagern konnte. Jetzt, am frühen Morgen, waren fast keine Leute hier. Das Wasser schwamm voller kleiner Holzstücke. »Die werden von der Rheinmündung her angeschwemmt«, meinte ein älterer, braungebrannter, dichtweißbehaarter Wassergast zu einer Dame, die zwar nicht gerade »igittigitt« sagte, aber mit gespreizten Fingern auf den Stufen vor dem Wasser stehenblieb. »Im Laufe des Vormittags verschwinden die wieder, dann ist das Wasser klar.«

»Da draußse, da schwimmt e großer toter Fisch«, rief eine korpulente, ebenfalls ältere Dame, die gerade den Fluten entstieg. Die Dame auf den Stufen kehrte um und wollte später wiederkommen.

Anna Katharina hatte »Cozfred und Regenhelm« als Lektüre mitgenommen und machte es sich in ihrem Liegestuhl bequem. Die Klaubauterfrau hieß Anna Katharina, wie sie. Ob Marinus das mit Absicht gemacht hatte? Aber damals hatte er sie doch noch gar nicht gekannt, als er diesen Roman geschrieben hatte. Sie begann ihre Erzählung mit dem ersten Unglück, eben dem, wo mit Cozfred und Regenhelm neunzehn Mönche und Kleriker der Reichenau den Tod in den Wellen gefunden hatten. Cozfred war ein junger Mönch, und er war unsterblich verliebt in ein adeliges Fräulein. So ähnlich wie im »Ekkehard« von Scheffel. Laut Klabauterfrau hieß dieses Fräulein Regine von Regensburg. Sie staffierte sich als Mann aus und ließ sich ebenfalls ins Kloster aufnehmen, unter dem Namen Regenhelm. Die beiden führten eine Zeitlang ein angenehmes, geheimes Liebesleben, mit Spaziergängen in dem von Walahfrid Strabo später so wirksam auf Latein besungenen Hortulus. Bis sie beide in diesem Schiffsunglück den Tod fanden und seither gemeinsam auf dem Boden des Bodensees ruhen.

Es war nun gegen zehn Uhr vormittags, ein wunderbarer, heißer, dunstiger Tag. Von den Schweizer Bergen sah man trotz Nationalfeiertag gar nichts, von Lindau die Türme, einschließlich des Pulverturms, in einem leichten Dunstschleier. Aus Richtung Lindau näherte sich ein Schiff, es war die »Ex-Grünten«, die an der Anlegestelle in Bad Schachen Halt machte. Trotz der Holzstücke begab sich Anna Katharina ins Wasser und schwamm ein bißchen hinaus, immer bedacht, nichts in den Mund zu bekommen. Der große tote Fisch verlockte sie nicht zu Kostproben des Bodenseewassers. Auf den Stufen saß jetzt eine junge Mutter im rosa Bikini mit einer ungefähr fünfjährigen Tochter, die es sich nicht nehmen ließ, wie ein Affe auf dem Geländer herumzuturnen. Besonders gerne klammerte sie sich mit Händen und Füßen an und ließ sich dann mit dem Kopf nach unten fallen.

»Wenn du da auf den Beton herunterfällst, bist du querschnittsgelähmt, lebenslang.«

Die Tochter namens Marcella ließ sich nicht entmutigen, die Mutter paßte krampfhaft auf. Anna Katharina vertiefte sich wieder in »Cozfred und Regenhelm«. Den Sturm, der dem Untergang vorausgegangen war, schilderte die Klabauterfrau mit bewegenden Worten. Kurz bevor das Schiff sank, packte die Liebenden die Reue, und sie enthüllten ihre wahre Identität und beichteten. Der mitfahrende Rambret nahm ihnen die Beichte ab, bevor sie von einer Welle von Bord gespült wurden und versanken, gefolgt von ihrem Beichtvater.

Da es sehr heiß war, ging Anna Katharina gegen elf schon wieder ins Wasser. Von Lindau näherte sich ein Schiff, es war die »Vorarlberg«, von Wasserburg kam die »Austria«, das Morgenschiff, mit dem sie um acht aus Bregenz abgefahren war und die nun aus Friedrichshafen zurückkehrte. Die beiden Prachtstücke der österreichischen Bodenseeflotte begegneten sich beim Ab- bzw. Anfahren, ein erhebender Anblick. Die »Vorarlberg« wirkte aus der Perspektive eines schwimmenden Frosches besonders schnittig, geradezu überirdisch elegant. Am Ufer wurden die Badegäste inzwischen immer mehr. Fast alle schienen sich zu kennen. Die meisten wirkten wie betuchte Gattinnen, zwei Drittel Blondinen, davon die Hälfte sicher falsch. Wenn sie ins Wasser gingen, hatten sie ihre Haare mit Kämmen hochgesteckt. Sie schwammen so, daß die Frisur auf keinen Fall naß wurde. Am Ufer schlangen sich die Modebewußtesten um das Bikiniunterteil noch ein Tuch, sei es aus schwarzer Spitze, sei es aus durchsichtigem, zum Bikinoberteil passendem Chiffon. Gegen Mittag floh Anna Katharina in den Schatten der Säulenrotunde und genehmigte sich ein Paar Frankfurter, zu dem eine Semmel, ein Stück Schwarzbrot und Butter serviert wurden. Sie hatte das Gefühl einer richtigen Mahlzeit, und auch das Franziskaner-Weißbier mundete ihr. Vor ihr erstreckte sich der Pool. Am Rande des Pools standen Palmen, und dahinter räkelte sich der scheinbar endlose, heute helltürkisfarbene Bodensee im Sonnenschein. Anna Katharina kam sich vor wie in einem Film über die Reichen und Glücklichen.

Im Laufe des Nachmittags, den sie wegen der Hitze fast nur dösend verbrachte, unterbrochen von kurzen Tauchpartien in »Cozfred und Regenhelm«, wurde sie nur einmal aus ihren Träumereien geschreckt. Ein eigenartiges, floßartiges Gefährt mit Aufbauten näherte sich dem Ufer. Es war das Gewässerschutzboot, das in eine Ecke zwischen Hotelbad und Anlegestelle fuhr und die dort angeschwemmten Treibholzstämme mit einem Bagger auflud und wegfuhr.

Der 1. August

Um 18 Uhr 7, kaum verspätet, kam Marinus an der Landestelle an, und sie spazierten gemeinsam zum Haus seiner Freunde. Es handelte sich um einen Bankprokuristen und seine Frau, er Schweizer, sie Montafonerin, die in Lindau im Exil lebten. Die vier Töchter waren bereits aus dem Hause. Das Haus, oder besser die Villa, denn um eine solche handelte es sich, lag am Ende einer Sackgasse, mit einem weiten Blick auf die Türme der Insel von hinten, auf Bregenz und die Vorarlberger Berge in der Ferne und auf den See und die Schweizer Berge direkt vor der Nase. Obwohl der See von hier oben schmal aussah wie ein Fluß.

»Herzlich willkommen, fühlen Sie sich wie zu Hause!« rief der Hausherr zur Begrüßung. Er trug eine Vollglatze und war ein Hobby-Schmetterlingsforscher, wie er gleich einmal erklärte. Sein Verbindungsname war »Plato«, von Marinus wollte er so angeredet werden. Seine Frau führte Marinus und Anna Katharina zur Festtafel, in den Bäumen hingen hunderte Lampions mit dem Schweizer Kreuz und verschiedenen Schweizer Kantonswappen. Wie an Ostern lagen rote Eier mit weißem Schweizerkreuz in Nestern aus grüner Papierwolle. Bevor die Lampions angezündet wurden, mußten sie aber erst den Sonnenuntergang und den Einbruch der Dunkelheit abwarten. Es gab Olma-Bratwürste mit Kartoffelsalat und Schweizer Senf sowie Hürlimann-Bier, das der Hausherr in seinem Keller gehortet hatte, solange es diese Marke noch gab. Marinus unterhielt sich mit den Leuten, als ob er sie schon ewig kennen würde. Die Sensation des Tages war aber nicht der Schweizer Nationalfeiertag, sondern die Nachbarn, die ihr Haus am Hang am unteren Ende mit einem Teich hatten umgeben lassen.

»Kommen Sie mit und sehen Sie sich das an«, meinte die Gastgeberin zu Anna Katharina. »Sie werden es nicht glauben.«

Zur Tarnung nahm sie den Gartenschlauch mit und spritzte ihre Hortensienbüsche, Anna Katharina begleitete sie. Das Haus hatte unten eine Terrasse mit einer schmalen Säule, und davor erstreckte sich nun, mitten am Hang und angesichts des

Bodensees, ein Teich, tatsächlich ein Teich. Ein Teich, in dem man mit Blick auf den Bodensee baden konnte.

»Ich finde, unser Haus hat dadurch gewonnen.« Die Frau des Gastgebers nickte anerkennend.

Über den Gartenzaun fiel der Blick ungehindert auf die geschwungene, hellblaue Fläche. Am Ufer stand in einer Ecke der Terrasse ein geschnitzter Storch, auf dem Wasser schwammen ein riesiger Gummifrosch und ein noch riesigeres Gummikrokodil.

»Es ist zwei Meter tief, an der tiefsten Stelle. Es sollte eine Mischung aus Naturbiotop und Swimmingpool werden.«

Die Natur hatte noch wenig Gelegenheit gehabt, sich auszubreiten, vorläufig fiel vor allem ein Kübel mit einem Zitronenbaum mit schweren, noch grünen Früchten auf, der am Ufer aufgestellt war, zur Erzeugung einer südlichen Atmosphäre.

»Herr Bleichmann badet nackt.« Die Gastgeberin richtete den kräftigen Wasserstrahl auf die Hortensien.

»Kürzlich, da hatten sie abends eine Reihe von kleinen Lichtern rundherum aufgestellt, das sah wirklich zauberhaft aus.«

Als es dunkel wurde, zündete Plato die zahllosen Lampions in den Bäumen an. Sie saßen nun in tiefen, mit Polstern versehenen Korbstühlen und betrachteten das Schweizer Ufer. Lange blieb es ruhig.

»Das wird schon was sein, dieser Nationalfeiertag. Die sparen doch, die Schweizer. Der Patriot, der bist du, sonst niemand«, meinte Frau Plato. Sie schenkte jetzt Sekt ein. Erst gegen halb zehn zeigten sich die ersten, vereinzelt aufflackernden Feuer oder zuckenden Feuerwerksblitze. Dann, ab zehn, ging es richtig los.

»Da – und da! Und da!« schrie der Schmetterlingsforscher ganz verzückt. Höhenfeuer leuchteten auf, in Walzenhausen, Rheineck und Rorschach wurden opulente Feuerwerke abgebrannt.

»Das schönste ist der gedämpfte Donner. Ihr müßt ganz still sein, am besten die Augen zumachen.« Marinus lehnte sich mit konzentriertem Gesichtsausdruck in seinen Korbstuhl zurück.

Anna Katharina schloß ebenfalls die Augen. Ihr kamen die

Geräusche vor wie entfernter Schlachtenlärm oder jedenfalls so, wie sie sich entfernten Schlachtenlärm vorstellte.

»Da, das Grüne, habt ihr das gesehen!« rief Plato wieder enthusiastisch aus. Anna Katharina machte die Augen wieder auf und konzentrierte sich auf das Grüne und das Rote und das Weiße.

»Wenn ihr erlaubt, begebe ich mich jetzt in meinen Privatpool«, verkündete der Gastgeber nun. Marinus und Anna Katharina blickten sich fragend an. Ob er wohl auch nackt baden wollte? Und worin? Seine Frau trug einen Kübel herbei und füllte ihn mit dem Schlauch. Und nun saß der Schmetterlingsforscher wie auf einem Thron in seinem Korbsessel, die Füße im kalten Wasser, und blickte auf die Feuerwerke in der Schweiz hinüber. Die Legionen von Lampions in den Bäumen leuchteten farbenprächtig, der Mond schien vom Himmel – es war fast wie an Silvester. Ein Silvester in den Tropen, ohne Schnee, aber mit Feuerwerk.

Seenachtfest

Heute ist Anna Katharina wieder auf eigene Faust unterwegs. Marinus gräbt in seinem Archiv in St. Gallen weitere Zollakten aus – oder er knüpft Kontakte mit Schlepperorganisationen. Sie ist nicht die Polizei. Sie steht gerade in Lindau, an Bord der »Zürich« mit den falschen Bananenstauden und den falschen Bananen im oberen Gastraum, und versucht vergeblich, die Möwen auf dem Dach des Paulaner zu zählen. Die Dachlinie sieht aus wie ein Spitzenornament, eine Möwe neben der anderen, vorne alle mit Blickrichtung zum See, seitlich auf den Bayerischen Hof. Heute nimmt sie ein Erdbeereis und bekommt erstmals ein Plastiklöffelchen zur Knuspertüte serviert. Wer weiß, vielleicht ist das hygienischer als ihre sämtlichen durch die Luft schwebenden Bakterien ausgesetzte Zunge als Transportinstrument für die Eiscreme von der Tüte zum Rachen. Das erinnert sie daran, daß sie kürzlich auf der »Thurgau« – was hatte sie eigentlich auf der »Thurgau« zu schaffen? Sie weiß es nicht mehr – daß sie kürzlich auf der »Thurgau« hinter der Theke, an der man abgepacktes Eis oder Kaffee bekommen kann, ein großes Schild gesehen hat:

ACHTUNG!!!
Lebensmittel
+
Hände
=
Handschuhe

Draußen ist ein richtiger Traumtag: der See weit, ruhig und glatt, die Fernsicht kristallklar – selbst der Brandner Ferner mit der Schesaplana und die Zimba, das Vorarlberger Matterhorn, tauchen am Horizont auf. Montanus hat kürzlich mit seinem kletterbegeisterten Sohn die Zimba bestiegen und einen Muskelkater davongetragen, weil er untrainiert war. Er fährt im Moment nur Rad, aber das ist zuwenig für das Vorarlberger Matterhorn. Sie lassen Bad Schachen rechts liegen und ziehen durch die blaue Weite auf Wasserburg zu. Kein, wirklich absolut kein Reiher auf dem Posten, dafür auf 60b zwei schwarze Vögel, die wie Kormorane aussehen. Bereits in Lindau sind alle Schiffe so verspätet, daß sie in Wasserburg von Bord geht. Der alte Goethe, wie üblich, auf dem Posten, mit tadelloser Frisur und Handschuhen, assistiert von einer Helferin im roten Kittel. Anna Katharina geht an Land, die Abendsonne scheint mild von Westen her, sie ist zu faul für den Friedhof und läßt sich auf einer Bank nieder, gestiftet von Prof. Wentzlaff-Eggebert. Die Augen fallen ihr zu, es ist angenehm warm in der Sonne, obwohl sonst eher frisch, die Wellen klatschen ans Ufer, sie schläft ein. Im Traum erscheint ihr der Reiher von Nr. 57 und gibt ihr einen Kuß, dabei hat er ein buntes Halstuch um. Der Halstuchmörder? Er führt ihre Hand in die Richtung, wo sich seine dürren Beine befinden müßten, aber sie spürt etwas ganz anderes. In diesem Moment wacht sie auf. Neben ihr sitzt eine Frau und sonnt sich ebenfalls. Anna Katharina springt auf – um 18 Uhr 56 fährt ihr Schiff nach Bregenz ab, vermutlich die »Austria«. Was kommt, mit Verspätung zwar, aber doch, ist die »Stuttgart« und die fährt heute nur bis Lindau, weil Seenachtfest in Konstanz ist. Sie fragt den alten Goethe, wann das nächste Schiff nach Bregenz abgehe.

»19 Uhr 37.«

Dann warte sie lieber hier als in Lindau. Zurück zur Bank. Die Frau sitzt noch immer da. Anna Katharina setzt sich wieder hin und erklärt, warum sie zurückgekommen ist. Ein Mann mit Zwillingskinderwagen kommt vorbei und bleibt stehen.

»Na, Julia, schmeckt die Banane?« Eines der Kinder kaut an einer Banane.

»Aber nicht, daß die Romeo und Julia heißen.«

Der Mann, offenbar der Vater, sieht Anna Katharina an.

»Julian, nicht Julia! Und das Mädchen ist Lara.« Auch sie kriegt ein Stück Banane in den Mund gestopft. Lara – war das nicht jemand in Doktor Schiwago? Schlittenfahrten im Schnee, russischer Winter?

»Warum gibst du ihnen jetzt Bananen, wenn sie gleich ihr Abendessen kriegen?« Die Frau neben ihr ist die Mutter.

»Das ist doch bescheuert!«

Julian schmiert sich die Banane auf sein T-Shirt. Anna Katharina verabschiedet sich: Es ist 19 Uhr 30, um 37 sollte ihr Schiff abfahren, aber es ist noch nicht einmal in Sicht. Die »Konstanz« fährt von der anderen Richtung vor, fast leer, obwohl es zum Seenachtfest geht. Heute ist der ganze Fahrplan durcheinander. Sie schlendert wieder zu einer Bank und setzt sich diesmal neben eine alte Dame. Die beginnt gleich zu erzählen, daß sie ihren Verdauungsspaziergang hierher gemacht hat und schon seit vielen Jahren nach Wasserburg auf Urlaub fährt.

»Jetzt komme ich allein, aber jahrelang war ich mit meinem Mann hier. Ich wohne immer noch im *Walser Hof*. Die geben mir ein Doppelzimmer als Einzelzimmer und bekochen mich. Ich habe innerhalb eines Jahres meinen Mann und meinen Sohn verloren.«

»Krebs?«

Sie nickt.

»Und mein Sohn war erst 42, bei seinem Tod.«

»Unfall?«

Sie nickt wieder.

Sie kommt aus der Gegend von Aachen. Anna Katharina empfiehlt ihr Martin Walsers »Springenden Brunnen« als Ferienlektüre. Den Namen Martin Walser hat sie noch nie gehört, aber sie schreibt sich den Titel auf. Das Buch will sie lesen, weil Anna Katharina ihr erzählt hat, daß es in Wasserburg spielt.

Kurz nach 20 Uhr kommt endlich das Schiff. Anna Katharina hatte schon gerätselt, ob es die »München« oder die »Schwaben« sein würde. Es ist die »Friedrichshafen«, ein winziges Motorboot mit nur einem kleinen Oberdeck hinten. Der alte Goethe macht das Tau fest, dann werden von zwei Männern in kurzen Hosen, aber nicht in Uniform, die Fahrräder vom Dach der Kajüte heruntergehievt. Einmal gibt es eine Verwechslung, das Rad, Marke Simplon, muß wieder zurück. Dann werden neue Räder vom alten Goethe und seiner Gehilfin auf das Dach gehoben. Dann erst dürfen sie einsteigen.

Auf dem Oberdeck drückt sich Anna Katharina in eine Bank, neben sie setzt sich ein grauhaariges Ehepaar. Beide kommen aus Lindau und »spielen Urlaub«, wie die Frau sagt, weil sie es hier so schön finden.

»Aber aufs Seenachtfest, da dürfen Sie auf keinen Fall gehen. Da kommen die Stuttgarter mit ihren Autos und besaufen sich. Meine Tochter, die arbeitet im Spital, die könnte ihnen Sachen erzählen! Die Busfahrer, die am nächsten Morgen den ersten Kurs fahren, müssen zuerst die Alkoholleichen aus dem Weg schaffen.«

Es ist frisch an Bord, um nicht zu sagen: kalt, aber mit den Rädern auf dem Dach und den purpurroten Streifenresten eines prachtvollen Sonnenuntergangs im Rücken treffen sie dann doch gegen 21 Uhr in Bregenz ein. Die ganze Strecke RF.

Jux und Sturm

Marinus hat auf ihrem Anrufbeantworter eine Nachricht hinterlassen: Sie treffen sich in Rorschach, am Montag, er kommt aus seinem Archiv in Sankt Gallen, angeblich. Sie kommt angeblich aus dem Hutgeschäft, in dem sie nebenbei manchmal aushilft. Das jedenfalls hat sie Marinus erzählt. Woher sie wirklich kommt, sagt sie ihm natürlich nicht. Sie nimmt das Schiff nach Lindau um 14 Uhr 35, heute ist es die »Baden«, und steigt dort um. Der August ist auf seinem Höhepunkt angelangt: Im Hafen ist die Hölle los. Gedränge, verspätete Schiffe, Sonderfahrten. Es wimmelt von Touristen, ein weißer PKW mit Ravensburger Kennzeichen und heulender Techno-Musik aus den Lautsprechern bahnt sich einen Weg durch die wartenden Menschenmassen.

Sie besteigt den »Panzerkreuzer Zeppelin« und setzt sich aufs Deck, das Deck auf dem Dach, ein anderes gibt es nicht, ganz hinten auf die Bank. Sie laufen ruhig aus, das Schiff fährt wie auf Schienen, kein Stampfen, kein Schlingern, keine Motorengeräusche oder nur sehr gedämpfte. Sie steuern Bad Schachen an und dann Wasserburg, bevor sie sich quer über den See nach Rorschach wenden. Kein »Südkurier« an Bord – sie hätte gar zu gerne gewußt, wie es beim Seenachtfest in Konstanz wirklich zugegangen ist.

55b und 57c MR!!! Die Sonne brennt heute so richtig vom Himmel, Anna Katharina trägt ihre Bodenseeschirmmütze und eine Sonnenbrille. Drei kleine Mädchen mit Rasta-Zöpfen spielen das Spiel, das in Anna Katharinas Kindheit »Andrea Rumpelbein« hieß und klatschen sich gegenseitig auf die Hände. Rechts von ihr drei hagere, weißhaarige Schweizer, die sich darüber unterhalten, was man früher alles von Hand machen mußte. Links ein umweltbewußt wirkendes Ehepaar. Vater: Brille, dunkle Haare, Bart, und Tochter: Pagenfrisur, circa sechs Jahre alt, spielen »Andrea Rumpelbein«. Die Mutter: blond, pflegeleichter Kurzhaarschnitt, kurze Hose, Sandalen, sieht zu. Die zwei Söhne hängen über der Reling und blicken aufs Kielwasser. Der Text, den die Tochter aufsagt, ist so, daß

die drei weißhaarigen Schweizer von ihren Handarbeitsge-
sprächen ablassen und neugierig, wenn auch etwas verlegen,
herschauen. Die alte Dame, die ihnen bis jetzt stumm zugehört
hat, lächelt vielsagend. Die Tochter singt schallend, wobei sie
dem Vater auf die Hände klatscht:

»Die Scheide explodiert,
das Baby rausmarschiert.
Das Baby ist ein Lümmel
und zieht den Papa am Pimmel.
Das Baby fährt in 1. Stock,
das Baby fährt in 2. Stock,
das Baby fährt in 3. Stock,
das Baby fährt in 4. Stock,
das Baby fährt in 5. Stock –
da steht ein Mann im Unterrock.«

Dann ist Schluß. Soeben sind sie in Rorschach eingelaufen,
Fußgänger sollen vor den Radfahrern von Bord gehen. Marinus
winkt ihr vom Ufer aus zu. Er zeigt mit dem Finger auf das Ab-
fahrtsschild »Rorschach – Romanshorn – Langenargen«, als ob
es da etwas Besonderes zu sehen gäbe. Als sie an Land ist, sieht
sie, was es ist: Das Schild ist mit einem kleinen Vorhängeschloß
am Rahmen gesichert. Montanus hat ihr bei ihrem letzten
Treffen erzählt, daß er kürzlich einen Freund, Arzt, ins Große
Walsertal zur Jagd begleitet habe. Der Jagdaufseher, ein gefährlich aussehender, wild behaarter und bebarteter Bursche aus
dem Bregenzerwald, Meisterschütze, früher Wilderer, der selbst
ihm unheimlich gewesen sei, habe ihm angeraten, sich beim
Baumarkt eine kleine Metallsäge um 6 Schilling 90 zu besorgen.
    »Mit deara kuscht in jede Hütta ini. Wenn in a Weattar
kuscht.«
    Auch das Schild-Schloß in Rorschach könnte dieser Säge
sicher nicht widerstehen. Anschließend an diesen Rat habe die
anwesende Runde von Einheimischen noch den Vorschlag eines
Burschen angenommen:
    »Jetzt gomm mr no in Schtall und soachend dm Milchkalb
vum Dr. Kohler is Muul.«

Im Moment befindet sie sich zum Glück in der Gesellschaft von Marinus, der ihr einen Krustenkranz und eine Packung Studentenfutter aus dem Sonderangebot bei Migros mitgebracht hat. Marinus steckt geistig noch voll in seinen Akten. Außerdem hat er wieder Fräulein Hedy Fischer aus Horn getroffen, die ihm von ihren Forschungen erzählt hat. Heute hat sie ein paar hochinteressante Polen ausgegraben. Sie hat ihm einen Bogen mit Daten zu einem gewissen Stanislaus Steinberg aus Warszawa gezeigt, geboren 1891, damals gehörte das zu Rußland. Er hatte in St. Gallen studiert und war ein Gründungsmitglied der Studentenverbindung Emporia gewesen, sein Name dort war Jux. In Deutsch hatte er eine Prüfungsarbeit zum Thema »Achte jedes Mannes Vaterland, aber das deinige liebe! (Gottfried Keller) schreiben müssen «

»Und kannst du dir vorstellen, was er in diesem Aufsatz geschrieben hat?«

Marinus machte es spannend. Inzwischen waren sie auf hoher See, die »Zürich«, auf die sie umgestiegen waren, pflügte unverdrossen durch die Wogen dreier Vaterländer Richtung Wasserburg; die Sonne strahlte heiß vom Himmel wie noch nie, von einem Himmel, der zum Glück noch keines Menschen Vaterland war. Oder vielleicht doch der Amerikaner?

Marinus erzählte weiter über Stanislaus Steinberg:

»Er hat geschrieben, er finde keine Ursache, das Russische Reich zu achten. Wörtlich: ›Ich kann doch nicht ein Land achten, das ein Grund des vielen Unglückes Polens ist und das meine Compatrioten, weil sie für ihr Recht kämpfen, nach Sibirien schickt, damit sie dort aus Kälte und Hunger sterben.‹

Und über Preußen: ›Preußen, das nicht weniger am Unglükke Polens mitschuldig ist, achte ich, die Ordnung und Pünktlichkeit und ihre Taten für das Wohltun des Volkes verursachen die Achtung‹.«

Anna Katharina machte das Studentenfutter auf und naschte ein wenig aus der Tüte. Marinus naschte mit, dann erzählte er weiter:

»Einen Rumänen hat sie auch entdeckt, Ad. Abram Sagan aus Pomarla. Früher war es unter Juden üblich, Moses als Moritz einzudeutschen. Ad. ist vielleicht Adolf «

Auch Abram war ein Gründungsmitglied der Emporia gewesen, mit dem Vulgo-Namen Sturm.

»Und rate mal, was der in dem Aufsatz mit dem Keller-Zitat geschrieben hat!«

Was könnte ein rumänischer Jude über das Vaterland geschrieben haben? Anna Katharina hatte keine Ahnung.

»Er schreibt: ›Der Culturzustand, in dem wir uns heute befinden, erlaubt nicht mehr, meiner Meinung nach, die Geringschätzung und die Verachtung gegen ein anderes Volk.‹ Das war 1911. Und dann hat Hedy Fischer auch noch einen Russen entdeckt, Leon Slawonski aus dem Gouvernement Minsk in Rußland, der von 1905 bis 1909 in St. Gallen studiert hat.«

Langsam begann sie sich für ihre Zweifel an Marinus zu schämen. Diese Hedy Fischer und diese Fragebogen mit den Studenten konnte er doch nicht alle erfunden haben, nur um sie in die Irre zu führen.

»Dieser Slawonski hat in seinem Akt immer wieder Meldungen über Geldsorgen, Krankheiten und den Wunsch nach einem Stipendium hinterlassen. Am besten ist ein Brief vom 2. November 1908 an den Rektor, da schreibt er so: ›Sie wissen, dass ich Studierender, Russe und Jude bin. Diese Dreieinigkeit ist nicht dazu beschaffen, um einem das Leben zu erleichtern.‹ Er hat dann in Zürich weiterstudiert, mußte das Studium aber aus wirtschaftlichen Gründen abbrechen und eine Stelle suchen. Da bittet er dann um eine positive Beurteilung bei Rückfragen. Schon Schicksale das, findest du nicht?«

Anna Katharina war so beeindruckt, daß sie gar nicht zuschaute, wie der alte Goethe in Wasserburg den »Dessert Liner« wieder sicher mit den türkisen Hanftauen an den Metallpfählen am Ufer festschlang. Kein Reiher weit und breit, auf Nr. 54 saß eine freche Möwe.

»Es hat aber auch andere gegeben«, beschwichtigte sie Marinus.

»Manche waren auch so, wie man sich Studenten vorstellt. Z. B. Jercy von Kruck aus Warszawa, Rußland, wie es in seinem Akt heißt, der von 1904 bis 1909 die St. Galler Hochschule frequentiert hat, nachdem er vorher im Getreidebüro des Bronislaw

Werner in Warszawa tätig gewesen war. Er war ein Mitglied der Mercuria und wurde vulgo Faß genannt; da weiß man schon alles. Er mußte sein Studium aus familiären Gründen vorzeitig abbrechen und hat um ein Zeugnis über >pünktlichen< Besuch der Akademie gebeten, wozu ein Dozent die Randbemerkung: >Oho!< geschrieben hat. Später wurde er Korrespondent in Hamburg für Deutsch, Russisch und Polnisch und Bankprokurist«.

Sie fuhren jetzt wieder Richtung Bad Schachen, die Reiherreviere 57 und 55, die sonst immer zuverlässig besetzt waren, heute absolut RF. Vermutlich war es zu früh am Tag. Wahrscheinlich mieden die Langkrummnacken den hellen Nachmittag und zogen die Abendstunden vor, normalerweise waren sie ja viel später auf dem Schiff unterwegs. Angesichts der Geburtsjahrgänge der von Marinus ausgeforschten Studenten konnte Anna Katharina sich den Gedanken nicht verkneifen, wie sie wohl den weiteren Verlauf des 20. Jahrhunderts absolviert hatten, diese damals noch hoffnungsvollen Jünglinge vulgo Jux, Sturm oder Faß. Alwind war heute gut bestückt, halbnackte Postfüchse beiderlei Geschlechts dekorierten die Freitreppe, und drei schwammen im Wasser. In Bad Schachen überraschte Marinus Anna Katharina mit der Mitteilung, daß er jetzt für ein paar Tage nach Rotterdam fahren müsse, zu seinen alten Eltern. Das Studentenfutter, das er ihr mitgebracht hatte, kam ihr wie ein kleiner Trost vor.

Lues velocipedalis vulgaris

Zwei Tage später fand sie in ihrem Computer wieder eine e-mail von Marinus vor. So schnell war er also doch nicht abgefahren!

Der 14. August war ein besonders heißer Tag. Da der Morgen noch kühl begonnen hatte, wurden viele Leute gelockt, den Bodensee auf gewissen Strecken mit dem Fahrrad zu umrunden, sich aber dazwischen immer wieder mit dem Schiff weiterbefördern zu lassen. Es brach eine wahre Fahrradwut oder besser gesagt: Radfahrwut aus, die ganz extreme Ausmaße annahm. Während die Laien gemeinhin der falschen Meinung sind, Radfahren sei besonders gesund, werden die Mediziner nicht müde, vor dieser »Lues velocipedalis vulgaris« zu warnen, denn bekanntlich steigen mit zunehmender Hitze die schädlichen Ozonwerte, und die Schadensanfälligkeit wird höher, je mehr man sich – beispielsweise beim Radfahren – körperlich anstrengt. Statt im schattigen Heim die Kühle des Abends abzuwarten, traten die schwitzenden Massen in die Pedale, und wenn sie am Ende ihrer Kräfte waren, begaben sie sich – schweißgebadet wie sie waren – auf das nächste Schiff.

Nun sind die Bodenseemotorschiffe (»MSS«) im Gegensatz etwa zu den Bodenseefährschiffen (»MFF«) seit jeher nur für den Personenverkehr konstruiert. Sie können zwar leicht ein oder zwei Fahrräder mitnehmen, vielleicht auch zehn oder zwanzig, vielleicht auch noch mehr. Neuerdings sind auf der »Karlsruhe« im Heckbereich einige Fahrradständer montiert. Man würde nichts sagen, wenn man sich mit diesen Ständern begnügen würde. Sind sie voll, dann müßte man wieder Fahrräder zurückweisen. Aber eine solche weise Beschränkung gibt es nicht. Sind sie voll, dann karrt man eben die Räder in den Bugraum. Überboten wird solcher Unfug noch dadurch, daß man neuerdings die Räder auf das kleine Dach der »Friedrichshafen« hievt, so wie mancher Zeitgenosse ja auch sein Rad auf dem Dach seines Autos zu transportieren pflegt.

Weise Beschränkung gibt es nicht. Denn es begegneten sich an diesem Tage zwei expansive Wirtschaftsunternehmungen, die VSU, die Vereinigten Schiffahrtsunternehmen für den Bodensee und den Rhein einerseits, und die nicht weniger stark im Trend liegende

Fahrradindustrie andererseits. Beide begegnen sich in dem Bestreben, ihre Gewinne zu maximieren. Bei den hohen Tarifen, die von der VSU von den Velozipedisten verlangt werden, ist es nicht ganz unverständlich, daß die selbst auferlegte Beschränkung »Fahrräder werden befördert, soweit Platz vorhanden ist« stark relativiert wird. Jedenfalls wurde auf der guten alten »Baden« niemand mit seinem Fahrrad abgewiesen. Das Heck wurde völlig zugestellt, dann auch der Bugraum, wo man sich nicht mehr aufhalten konnte. Es wurde schön getrennt nach den Destinationen, nach Langenargen da, nach Immenstaad dort, nach Konstanz wieder woanders (was freilich nicht jedermann mitbekam), und dann lehnte man die Fahrräder wild gegeneinander, so daß sie sich gegenseitig verzahnten und geradezu ineinander verschmolzen, denn »Für Beschädigungen wird keine Haftung übernommen«.

Aber es kann ja wohl kaum nur um die Schäden an den Fahrrädern selbst gehen. Es geht ja doch wohl auch um die Sicherheit auf dem Schiff, auf dem es keinen freien Platz mehr gab. Die Leute saßen überall auf den Stufen und behinderten das Ein- und Aussteigen. Die Gänge waren kaum mehr begehbar. Wie schon zuvor auf anderen Schiffen zu beobachten gewesen war, werden die Kisten mit den Schwimmwesten durch Fahrräder unzugänglich. Hat man eine Überladung überhaupt noch im Griff? Im Hafen von Lindau oder am Anlegesteg von Bad Schachen erwarteten die wartenden Fahrgäste, daß das mit seiner enormen Schlagseite (alles strömte natürlich auf Steuerbord zum Ausstieg) wankende und schwankende Schiff jeden Augenblick umkippen würde.

Die VSU-Schiffe sind natürlich bewirtschaftet, und wer es nicht gemerkt haben sollte, wird durch Lautsprecherdurchsagen immer wieder daran erinnert. Bei der Hitze und nach den Anstrengungen des Bikens lockt ein kühles Bierchen, auch zwei oder drei sind schnell getrunken, so daß schon beim Verlassen des Schiffs mancher Radfahrer jenseits der 0,8 Promille-Grenze angelangt ist. Und auf dem letzten Stück seiner Heimreise kehrt er sicher noch einmal irgendwo ein. Denn: »Wo ein Wirt ist, sammeln sich die Radler.« Auf eines kann sich nämlich jeder Radler hundertprozentig verlassen: Er kann noch so viel getrunken haben, niemand wird ihm seinen Fahrrad-Führerschein abnehmen. Vielleicht sollte es aber doch zu denken geben, daß österreichweit jährlich *40.000 Unfälle mit Fahrrädern gezählt werden; 22.500 Personen müssen dabei in Spitälern behandelt werden.*

Eine weitere üble Folge der uneingeschränkten Mitnahme von Fahrrädern sind die Verspätungen, die letztlich den Fahrplan völlig durcheinanderbringen. Die »Baden« hätte um 17.08 in Bregenz sein sollen. Zur Abfahrtszeit um 17.25 war sie noch nicht in Sicht. So kam die »Lindau« olim »Grünten« zum Einsatz, die einiges dazu beitragen konnte, daß die »Baden« um die Radfahrer entlastet wurde, die nur bis Lindau wollten. In Lindau nahm dann die »Zürich« Dutzende Radfahrer auf, deren Ziel Wasserburg war; auch um sie wurde die »Baden« erleichterte. Unvorstellbar, wenn die Lindauer und Wasserburger Radfahrer auch noch auf der »Baden« hätten aufgenommen werden müssen! Die »Baden« erreichte Bad Schachen statt um 18.07 Uhr gegen 18.40 Uhr, gar nicht zu reden von dem sich anschließenden Chaos beim Aussteigen in Langenargen, Friedrichshafen oder Immenstaad. Viele Leute begannen sich bereits in Lindau abzufragen, wann sie wohl in ihren Zielhafen Konstanz einlaufen würden.

Der einsame Reiher auf Nr. 62a wird sich sein Teil gedacht haben; ungeachtet aller seiner ihm ins Gesicht geschriebenen Facultates divinandi simulatque augurandi wird er es bei der Fülle von Unwägbarkeiten wohl nicht gewagt haben, eine sichere Vorhersage zu machen. Für Marinus war die Fahrt in Bad Schachen ohnehin ausgestanden. Beim Aussteigen beobachtete er nicht ganz ohne Sorge, daß die Landebrücke nicht mehr waagrecht auf den Steg führte, sondern um ca. 20 Grad aufwärts geneigt war. Das war ein erstes deutliches Anzeichen dafür, daß Bad Schachen wohl schon bald nicht mehr angefahren werden würde. Er würde seine Zelte im dortigen Luxushotel dann wohl abbrechen müssen.

Die weithin verbreitete und auch im alltäglichen Straßenverkehr immer wieder beklagte Disziplinlosigkeit der Radfahrer kann man auch auf den Schiffen beobachten. Es wäre wohl selbstverständlich, daß – den Weisungen des Personals entsprechend – immer zuerst die Fußgänger und dann erst die Radfahrer aus- und einsteigen. Meist sind aber die Einstiegstellen schon total mit Fahrrädern zugestellt, wenn die Fußgänger aufs Schiff wollen. Und ebenso sind auch die Ausstiegsräume der Schiffe oft mit Rädern verstellt. Von allen Seiten

werden die Fußgänger mit den Rädern angerempelt und beschmutzt.
Die aggressiven Radler sehen im Rad eine Waffe, die sie rücksichtslos
einsetzen.

Anna Katharina war verblüfft und entzückt. Verblüfft von
Marinus' Beredsamkeit im Haß gegen die Radler, weil er als
Niederländer doch mit einem Fahrrad zwischen den Beinen
auf die Welt gekommen war, und entzückt, daß er schon wieder
den neerlandismus *abfragen* statt *fragen* verwendet hatte. Aber er
sprach auch ihr aus der Seele. Früher hatte es noch das gute, alte
Steyrer Waffenrad gegeben, mit einem Haken, um den Säbel
dran aufzuhängen. Jetzt war schon das ganze Rad eine Waffe,
da stimmte sie Marinus zu. Nur schade, daß er schon wieder
verreist war.

Meerstern, ich dich grüße

Am Mittwoch, dem 15. August, machte sie sich deshalb wieder einmal allein auf den Weg. 10 Uhr 25 ab Bregenz, sie wollte nach Bad Schachen zum Baden. Strahlendes Wetter, noch etwas frisch in der Morgenstunde und wenig Leute an Bord. Hinter sich hörte sie zwei alte Leute im typischen Bregenzer Dialekt reden. Sie sprachen über Politik.

»I nimm aa, s'nägscht Mool werand wiedr dia Roota vorna dra si«, sagte die alte Dame.

Der Mann darauf:

»An Wäxl ischt fällig.«

Sie:

»Ma hot eh scho alls. Was solland si no herbringa?«

Dann schwenkten sie aufs Essen über. Die alte Dame:

»Am Sunntag bin i im neua Altersheim eassi gsi. Do kasch wirkli nünt säga: Du kriagscht gnuo und es isch guot. Im Gegensatz zu Hinterwaldau, des isch an Fraß. D'Atmosphäre isch guat, abr s'Eassa isch an Fraß. Und du hosch immer zwoa Menüs zur Auswahl, a vegetarisches und oas mit Fleisch.«

Inzwischen waren sie fast in Lindau angelangt:

»Lindau isch ein Kleinod. Lindau isch oafach schöö. De'sch da schönscht Haafa am ganza Bodasee. Da Hafa hot ma jo reschtauriert und da Löwe hot ma putzt und da Leuchtturm herg'richtet.« Auf dem Dach des Paulaner saßen die Möwen in Reih und Glied.

»Jojo«, machte die alte Dame weiter, »jojo, Fiirtig isch ou. Lindau isch jo katholisch. I d'r Schwitz isch Fiirtig villicht im Appenzell. Aber z'Zürich nit.«

Dann setzten sich die beiden Alten nach vorne, in die erste Reihe, in die Sonne.

»Jojo«, ging es weiter, »do künnt ma jo g'rad s'Rheuma kriaga vu deana kaalta Stüel. Aber des isch jetzt scho fein. Wenn ma halt gern Schiff fahrt, so wie i. Uf Linda ka ma am Nomittag numma faahra, do sind m'r z'vil Lüt. Und d'Liachtle: Des isch all so schöö, wenn Lindau am Obad beleuchtet hot.«

Die »Vorarlberg«, auf der sie saßen, wendete im Hafen und

zog dann zwischen dem geputzten Löwen und dem renovierten Leuchtturm hindurch auf die offene Seefläche hinaus.

»Siasch, wia's z'Breagaz i dr Bucht no schattig isch? I hob früher denn oft z'Locha, im Schwarzbad, badet. Do kunnt koan Sunnastrahl ini, i dr Früa. Aber am Obad isch as fein.«

Die Sicht war heute schon frühmorgens so klar, daß man den Säntis und den Altmann als graue Scherenschnitte am Horizont aufragen sah.

»Hüt wär 's etzt am Säntis o amol schöö. Da Säntis isch an g'fährlicha Berg. Hunno ka's schöö sii und domma gär it. Mir sind zwoamol dött gsi. Hunno alls schöö, domma alls eingehüllt in Wolken. Des hot kaon Wert.«

Auf 62a saßen zwei Vögel, schwarz und kleiner als Reiher, die ihr vorkamen wie Kormorane. Sie würde Montanus fragen, der kannte sich bei Vögeln aus.

Die beiden Alten schwatzten munter weiter, nun ging es um eine Bekannte, die Zwillinge erwartete.

»Denn heatt si unter oamol zwoa Kinder«, meinte die alte Dame.

»Heatt si bloß dia zwoa?«

»Da Zeppelin ischt ou widr do«, machte sich der Herr auch einmal bemerkbar.

»Was koscht do d'Schtund?«

»Über tausend Schilling.«

»Dar früare Zeppelin isch dunkelgrau gsi, jetzt isch ar silbrig. Jetzt fahrt ar ou mit Benzin und numma mit Helium. Drum isch ar ou viel schneallar.« Was die alles wußte!

»Hütt isch ou des Marienfescht. In Konschtanz hond's denn d'Veschper.« Der alte Mann bemühte sich, wieder einmal etwas zur Konversation beizutragen.

»Bi miner Firmung heatt as aso greagnet, ma hott gear nit ussi wella zum Loch.« Die alte Frau hatte ihn eindeutig geschlagen, an Häufigkeit und Dichte ihrer verbalen Interventionen.

Inzwischen waren sie in Bad Schachen gelandet, und Anna Katharina ging von Bord, obwohl es sie verlockt hätte, den beiden noch länger zuzuhören. Aber sie wollte das schöne Wetter ausnützen und schwimmen gehen, im Nobelbad des Nobelho tels Bad Schachen. Marinus war verreist, er konnte also nicht den Eindruck haben, sie spioniere ihm nach. Sie schlenderte über den hölzernen Landesteg ans Ufer, nahm den Kiesweg links, kam unter die alten Bäume, machte dann wieder einen leichten Bogen nach rechts, erwischte einen Blick auf die Hotelterrasse, wo weißgekleidete Ober mit Servietten über dem Unterarm um die Tische wieselten und wandte sich dann nach links, an dem gelben Haus mit dem Walmdach vorbei, das man vom Schiff aus so gut sah. Der Weg führte unter einer Hängebuche durch, deren Astwerk viereckig ausgeschnitten war, um einen Durchlaß für die Spaziergänger zu schaffen.

Vor dem Eingang ins Bad mit den griechischen Säulen stand ein Schild, daß heute kein Einlaß mehr möglich sei. Sie klingelte trotzdem und schilderte dem Bademeister ihre Lage: Extra mit dem Schiff angereist, das Schiff nun weg – was tun? Er ließ sie hinein, obwohl sie kein Hotelgast und kein Besitzer einer Kabine war. Als sie endlich in ihrem blau-weiß gestreiften Liegestuhl ausgestreckt neben der geschwungenen Steintreppe, die ins Wasser führte, auf die blauen Wellen und den blauen Säntis blickte, verfiel sie in ein angenehmes Dösen. Die Dame neben ihr hatte ihr diesen Platz freigehalten, weil sie schon zweimal an dieser Stelle gebadet hatte und wahrscheinlich für einen Stammgast gehalten wurde. Sie sah Marinus vor sich, sie verließen gerade sein Hotelzimmer, begaben sich fürs Frühstück auf die Hotelterrasse, wo ihr ein weißbefrackter Kellner Porridge und schwarzen Kaffee servierte, weil sie alles andere zum Frühstück ablehnte. Marinus rückte sich den Sessel zurecht und machte Konversation, während er sich an Schinken und Wurst und Käse vom Buffet delektierte. Ständig blickte er ihr in die Augen, tief und verliebt. Marinus, der sich nur für Zöllner, polnische Studenten um die Jahrhundertwende, Firmenarchive, Werkspionage oder höchstens noch Reiher interessierte! Wenn er nicht doch Heroin in Weißwürsten schmuggelte! Im Wasser vor ihr unterhielten sich drei Badegäste, zwei Herren mit grauem Brustfell und eine etwas ältere, aber noch knackige Frau im Bikini.

»Wißt ihr, wie die Totenbestattung bei den Eskimos vor

sich geht?« fragte der sportlicher Aussehende der beiden alten Herren.

Die beiden anderen schüttelten die Köpfe.

»Die Alten werden in ein Eisloch geworfen – und sssssst, weg sind sie.«

»Ja, ja, die Eskimos«, meinte der zweite, »die sind doch auch sonst so gastfreundlich.« Er lächelte anzüglich.

»Wieso, was meinen Sie denn?« fragte die Dame im Bikini.

Die beiden Herren lachten sich zu.

»Ja wissen Sie denn das nicht? Die stellen dem Gast ihre Frau zur Verfügung und sind beleidigt, wenn man sie nicht beansprucht.«

»Stinken die nicht, die Frauen?« fragte die Bikinidame. »Die waschen sich doch sicher nie.«

»Jetzt follt mir direkt noch was anderes ein«, meinte der sportliche Grauhaarige, der inzwischen in einen bayerisch gefärbten Dialekt verfallen war.

»Im Baggersee hamm's an tot'n Homosexuellen g'funden, vor kurzem. Die Sach' is natürlich vertuscht word'n. De hamm Sexualpraktiken g'macht, so nennt ma des. Hax'n z'sammbunden, Penis abgebunden, aufg'hängt an de Haxn. Und dabei is er umkommen.«

»Ja ist denn das möglich!« Die Dame im Bikini war ganz entsetzt, aber doch interessiert.

Anna Katharina nahm das Abendschiff nach Bregenz und radelte schnell nach Hause, um sich umzuziehen. Am Abend war schließlich die Schiffswallfahrt, zu der sie eine Karte erstanden hatte. Schiffswallfahrt für ein geeintes Europa im Geiste der Muttergottes von Fatima! Das durfte sie sich nicht entgehen lassen für ihre Arbeit über »Das Projekt Europa und der Aberglaube«. Als sie zum Hafen zurückkam, wäre sie am liebsten gleich wieder umgekehrt. Menschenmassen wie bei einem Volksfest, nur nicht so gut gelaunt. Auf der Eintrittskarte stand groß: »Am Ende wird mein unbeflecktes Herz triumphieren.« Das Programm hatte bereits am Nachmittag um 16 Uhr mit einer heiligen Messe begonnen, als sie noch völlig ungeistlich im Parkbad von Bad Schachen ihren Marinusgedanken nachgehangen war. Obwohl: Marinus klang doch geradezu marianisch, mit ein bißchen philologischer Nachsicht.

Veranstalter war eine Gebetsstätte im Allgäu, und der Großteil der Pilgerschaft kam dem Reden nach auch aus dieser Gegend. Abgebildet auf der Eintrittskarte war eine weißgekleidete Madonnenstatue aus Gips inmitten eines eiförmigen Glühbirnenkranzes, gekrönt mit einer Glühbirnenkrone und einem Glühbirnenkreuz, die auf einem Halbmond aus weißen Blumen stand. Im Hintergrund ein Sonnenuntergang über dem Bodensee, wahrscheinlich war das Bild im letzten Jahr aufgenommen worden. Das Motto: »Im Vertrauen auf die Fürsprache Mariens empfehlen wir ganz Europa der Unbefleckten Empfängnis.« Marinus hatte sich geweigert, mitzukommen, vermutlich hatte er deshalb diese Reise nach Rotterdam unternommen oder vorgeschoben. Die Pilgermassen rochen nach Kernseife und Schweiß. Wenn man Anna Katharina nach einem Gesamteindruck gefragt hätte, hätte sie gesagt: leberkrank. Solche Gesichter sah man sonst nur noch auf Fotos aus dem 19. Jahrhundert: dunkle Ringe unter den Augen, scharfe Linien von der Nasenwurzel zum Mundwinkel, hohle Wangen, gelbe Gesichtsfarbe. Natürlich übertrieb sie jetzt. Natürlich waren auch Leute darunter, die ganz normal aussahen, aber der Gesamteindruck war: mürbes Fleisch, unterdrückte Lüste. Düsterer Blick und Übergewicht, obwohl die Gesichter oft hager waren. Nun ja, es gab auch ein paar fesche junge Männer mit rosigen Wangen, die sich eifrig unterhielten und die wirkten wie Fernsehkapläne.

Die »Austria«, für die Anna Katharinas Karte ausgestellt war, war bereits überfüllt. Ein Lautsprecher bat, auf das nächste Schiff, die »Vorarlberg«, zu warten, die die restlichen Pilger aufnehmen würde. Die »Vorarlberg«, mit der sie heute früh ihren Sündentrip nach Schachen gemacht hatte! Und jetzt so fromm und ein Marienschiff! Vorne auf der »Austria« stand eine Marienstatue mit Glühbirneneierkranz, die aussah wie die auf der Eintrittskarte. Blumenschmuck war vorne und seitlich angebracht worden. Ihre Mitpilger hielten alle die Fahrkarte mit dem Spruch »Am Ende wird mein Unbeflecktes Herz triumphieren« krampfhaft in der Hand, als ob es die Eintrittskarte ins Paradies gewesen wäre. Eine Blasmusikkapelle spielte Marienlieder. Am Schluß ertönte jedesmal Applaus. Die Lautsprecherstimme sagte durch, daß man sich hier im Hafen noch mit Würstchen und Getränken verkösigen könne, auf dem Schiff gebe es dann nichts mehr. Im Hafenbecken lag die kleine »Montafon«, vorne ein rot-weißes Blumenbukett, seitlich Efeugirlanden, an den Ecken Prozessionsfahnen.

»Do drauf reist des Allerheiligschte.«

Eine beleibte Schwäbin mit weißen Kniestrümpfen und blauem Faltenrock stieß ihre weißhaarige Begleiterin in die Seite. An Bord unterhielten sich zwei braungebrannte, dunkelhaarige Nonnen lachend miteinander – unter dem schwarzen Schleier sah man deutlich ein Stück des Haaransatzes. Einige Monsignores standen in weißen, spitzenbesetzten Chorhemden herum. Ein anderer Geistlicher kam aufs Vorderdeck und legte ein reichbesticktes Meßgewand auf einen Stuhl vor einem Rettungsreifen. Die buntbestickten, kostbaren Prozessionsfahnen flatterten in der leichten Abendbrise, eine Maria, das blau-weiße Lourdesmodell, ein Jesus in Hellgrün, zwei silberne Fahnen mit Schriftzügen. Der Baldachin, unter dem das Allerheiligste aufgestellt werden würde, war ein Zeugnis für moderne Kunst in der Kirche: abstrakt, rostrote, grüne und goldene Kreise und Striche auf hellem Grund. Ein Matrose kletterte auf dem Dach der Passagierkabine herum und überprüfte, ob die Fahnen gut festgemacht und die Lautsprecher richtig angeschlossen waren.

Endlich lief die »Vorarlberg« ein, auf dem ersten Oberdeck Jesus im roten Mantel und Maria im blauen Mantel aus Gips, Glühbirnenkranz, heftiger Blumenschmuck. Die Pilger, die mindestens so stark drängten wie andere Schiffspassagiere auch, strömten aufs Schiff, um sich einen günstigen Platz zu ergattern. Anna Katharina landete auf dem ersten Oberdeck, seitlich, auf der Bank, neben einem Paar aus dem Allgäu. Ein Priester mit milder Stimme und Berliner Akzent begrüßte die Pilger und begann, den freudenreichen Rosenkranz zu beten. Der Eifer beim Beten war unter den Pilgern nicht besonders ausgeprägt, die meisten interessierten sich mehr dafür, einen Platz mit guter Sicht zu ergattern, und sei es so, daß sie sich einfach vor die Leute auf der Bank vorne an der Reling stellten. Dem Paar neben ihr und ihr selbst gelang es mit vereinten Kräften, sich die Sicht fast freizuhalten. Voraus dampfte die kleine »Montafon«, mit den flatternden Prozessionsfahnen und dem Allerheiligsten an Bord, dann folgte die »Austria«, dann kamen sie. Auf dem See fuhren die großen Schiffe nebeneinander, die Glühbirnen wurden eingeschaltet, im sinkenden Abendlicht ein erhebender Anblick. Aus Lindau gesellte sich noch die vollbeladene »Stuttgart« dazu, sonst das Apfelschiff, jetzt ein frommes Gefährt mit einem Glühbirnenkreuz vorne am Bug. Auf der Festspielbühne begann gerade eine Aufführung von »La Boheme«.

»Do hett ma ou higo künna«, meinte der Pilger neben ihr.

»Und nun bitten wir den Bläserchor auf der ›Stuttgart‹, das Lied ›Sag an, wer ist doch diese‹ anzustimmen«, verlautbarte die milde Pilgerbegleiterstimme.

Nach einiger Zeit ertönte der Bläserchor, die Pilger fielen ein. Als sie auf der »Vorarlberg« mit dem Lied fertig waren, hörte man von der »Austria« noch die halbe letzte Zeile der letzten Strophe nachklingen. Rhythmisch waren die Pilger, die für ein vereintes Europa unter der Schirmherrschaft der Madonna von Fatima wallfahrteten, kein Musterbeispiel für Einheit. Die Fahrt ging Richtung Rheinmündung flott voran, der Abendhimmel glänzte orangefarben, über dem Pfänder türmte sich ein grell beleuchteter Wolkenturm.

»Sie sind denn au koa Glaser«, schimpfte der Mann neben ihr über ein frommes Paar, der Mann mit Hörapparat und engen, zwinkernden Augen, die Frau mit weitausladendem Faltenrock über ihrer weitausladenden Hinteransicht.

»Die Schönste von allen, von fürstlichem Stand, kann Schönres nicht malen ein englische Hand«, sangen die Pilger wieder, Textblätter waren ihnen vorher ausgeteilt worden. Schließlich arrangierten sich die drei großen Schiffe um einen Punkt, die »Montafon« blieb in der Mitte. Inzwischen war es dunkel geworden, in dem Gewitterturm auf dem Pfänder zuckten Blitze, der Bläserchor auf der »Stuttgart« intonierte »Meerstern, ich dich grüße«. Die Pilger auf den Schiffen sangen das Lied jeweils in ihrem eigenen Tempo. Dann begann die Ansprache des Festredners.

»Wir sind nun angekommen, an der Stelle, an der vor fünf Jahren vom Hubschrauber aus die Statue unserer Lieben Frau von Fatima im Bodensee versenkt wurde. Maria weilt unter uns: ein Applaus für die Gottesmutter!«

Von den anderen Schiffen tönte das Klatschen her.

Der Redner machte weiter:

»Und hier, auf der ›Montafon‹, fährt auch das Allerheiligste mit. Wir begrüßen unseren Herrn Jesus mit einem kräftigen Applaus!«

Und wieder – der kräftige Applaus von allen drei Schiffen, zeitversetzt. Die »Vorarlberg«, die »Austria« und die »Stuttgart« hatten mittlerweile eine beträchtliche Schlagseite Richtung »Montafon«. Sie mußte an die Unglücke mit Pilgerschiffen denken, über die sie in »Cozfred und Regenhelm« schon einiges gelesen hatte. Besonders eindrucksvoll war dort eine Szene, wie die Bodenseeklabauterfrau, vorne an das Mastkreuz der »Hohentwiel« angeklammert, berichtet, wie schon in der Bibel und bei den alten Römern Schiffsunglücke zum Standardrepertoire eines ausgefüllten Lebens zählen. Wer kennt nicht die Szene aus dem Buche Jona, Kap. 1, Verse 4-5, wo es heißt: »Jahwe aber warf einen starken Wind auf das Meer, und es entstand ein gewaltiger Sturm, so daß das Schiff nahe daran war, zu scheitern. Da fürchteten sich die Schiffer und schrien, ein jeder zu seinem Gott; und sie warfen die Gegenstände, die im Schiff waren, ins Meer, um das Schiff zu erleichtern.« Von dieser Bibelstelle leitete die Klabauterfrau zu den Römern über und berichtete, wie beim Untergang einer römischen Triere Gaius Iulius Lacustus, einer der Schiffer, Mitglied der seit dem 1. Jahrhundert nach Christus bestehenden Schifferzunft in Brigantium, dem heutigen Bregenz, zum Gott Neptun gefleht habe, der ihn dann auch errettete. Zum Dank führte er später immer eine Statue dieses Gottes mit sich, auch, als er längst auf dem Lande seßhaft geworden war. Diese Statue wurde später auf dem Luzisteig in der heutigen Schweiz gefunden. Zu einem anderen Gott als Neptun mag der Jude Samuel Wolf von Wasserburg gefleht haben, übrigens auch erfolgreich, der am 12. September 1295 bei einem Schiffsuntergang zwischen Meersburg und Buchhorn als einziger von 25 Personen gerettet wurde. Die illustre Gesellschaft auf dem Seeboden wurde noch vermehrt um sechs Mönche und Laien, Meginpreht, Wolvini, Huppreht, Rihmunt, Egilmar und Wolfhelm, ebenfalls von der Reichenau, die am 5. Juli 860 ertranken. Die Klabauterfrau vermutete, daß sie in ihrer Todesangst zu älteren keltischen Göttern gefleht hatten und deshalb nicht gerettet wurden. Die heutigen Pilger schrien zur heiligen Maria, obwohl sie gar nicht ahnten, daß sie vielleicht von einem Schiffsuntergang bedroht waren: »Rose ohne Dornen, oh Maria hilf! Du von Gott erkorne – oh Maria hilf! Maria hilf uns allen aus unsrer tiefen Not!« Wenn die drei schlagseitigen Schiffe jetzt untergingen, würde die Heilige Maria am Grunde des Sees alle Hände voll zu tun haben.

Der Festredner machte weiter mit seiner Rede. Er beschwor das Andenken von Robert Schumann, des französischen Außenministers und ersten Europaratspräsidenten, den er wie den Komponisten aussprach. Dann wies er auf die Verbindung von Maria und Europa hin, deutlich sichtbar an der blauen Fahne mit den 12 Sternen. Anschließend erklang eine fromme Stimme mit Vorarlberger Akzent, die aus der Apokalypse vorlas, während im Hintergrund die Blitze über dem Bregenzerwald zuckten und am Grunde des Bodensees die Marienstatue lag:

»Und es erschien am Himmel ein großes Zeichen: eine Frau, umkleidet mit der Sonne, der Mond unter ihren Füßen und auf ihrem Haupt ein Kranz von Zwölf Sternen; und sie ist schwanger und schreit in Wehen und Geburtsqualen. Und ein anderes Zeichen erschien am Himmel und siehe: ein großer feuerroter Drache mit sieben Köpfen und zehn Hörnern und auf seinen Köpfen sieben Kronen und sein Schwanz fegte ein Drittel der Sterne des Himmels hinweg und warf sie auf die Erde. Und der Drache steht vor der Frau, die gebären soll, um gleich nach der Geburt ihr Kind zu verschlingen. Und sie gebar einen Sohn, ein männliches Kind, das alle Völker mit eisernem Stabe weiden soll; und ihr Kind wurde entrückt zu Gott und zu seinem Thron. Die Frau aber floh in die Wüste, wo sie eine von Gott bereitete Stätte hat, damit man sie dort erhalte zwölfhundertsechzig Tage lang.« Ihr Nebenpilger hatte die Hände gefaltet und blickte andächtig Richtung »Montafon«, woher die Stimme kam. Der Redner wandte sich nun gegen die moralischen Auswüchse in Europa, wie die Euthanasie und die Stammzellenforschung. Die Ursache für all diese Frevel liege in der Freigabe der Abtreibung. Anschließend murmelten alle ein gemeinsames Gebet, das auf dem Zettel mit den Liedern abgedruckt war und in dem Europa Maria zum Schutze anbefohlen wurde.

Dann wurde der Segen erteilt, mit dem Allerheiligsten, und dann das *Tantum ergo* gesungen.

Und schließlich kam der Höhepunkt: das Feuerwerk.

»Sie werden nun eine festliche Melodie hören, die Sie alle kennen, von den Eurovisionssendungen im Fernsehen. Diese Melodie ist ein geistliches Werk, ein *Te Deum*.« Die Stimme des Redners überschlug sich fast vor Begeisterung. Inzwischen war ein Boot herangefahren, dessen unterer Teil in roter Leuchtschrift den Text »AVE MARIA« trug. Dahinter schossen die Raketen in die Höhe, weiß, rot, grün, untermalt von der Melodie des französischen Komponisten Marc Antoine Charpentier, dessen Name verschwiegen worden war. Und dann folgte das »Halleluja« aus dem *Messias* von Händel, obwohl der gar nicht katholisch gewesen war, vor dem Hintergrund zuckender Blitze und der schwankenden, beleuchteten Pilgerschiffe. Zum Schluß sangen noch alle »Großer Gott wir loben dich«, dann machten die Schiffe kehrt. Die milde Stimme des Pilgerfahrtbegleitungspriesters begann, den gnadenreichen Rosenkranz zu beten, zwischendurch kamen wieder Marienlieder, wie ein Kanon mit Zeitabstand auf den verschiedenen Schiffen gesungen. »Patronin voller Güte, uns allezeit behüte … allezeit behüte … behüte.«

Die Pilger waren nun hauptsächlich daran interessiert, wie sie möglichst schnell wieder von den Schiffen herunterkommen könnten.

»Wir müssen mit dem Bus zurück«, erzählte die Pilgersgattin neben dem Pilger neben Anna Katharina. »Hoffentlich ist nicht zuviel Gedränge.«

Mittlerweile blies ein heftiger Wind. Am Ufer sah man den beleuchteten Hotelturm von Bad Schachen und dann Lindau. Die »Stuttgart« mit dem leuchtenden Kreuz am Bug bog dort in den Hafen ein. Kurz vor der Einfahrt nach Bregenz kam eine Durchsage, daß Reisende mit dem Regionalzug nach Bludenz als erste aussteigen möchten, der Zug halte in Bregenz-Hafen und warte auf sie. Neben ihr drängte sich jetzt alles mögliche Pilgervolk vorbei, ein Schwarzer mit einem Strohhut, der begeistert zwei Bekannten auf dem unteren Deck zuwinkte. Eine alte, gepflegte Dame fragte ihre Begleiterin, die ein Fernglas umhängen hatte:

»Und, waren Sie begeistert oder enttäuscht?«

»Enttäuscht.«

Mehr sagte sie nicht. Die meisten Pilger waren aber begeistert und wollten im nächsten Jahr wiederkommen.

Da sie sich nicht vorgedrängt hatte, mußte Anna Katharina ziemlich lange auf der »Vorarlberg« ausharren, bis sie endlich den Fuß wieder auf festes Land setzen konnte. Auf der »Montafon« kletterte ein Matrose auf dem Dach herum und rollte die Prozessionsfahnen ein. Das Allerheiligste war nicht mehr zu sehen, auch die Gäste im Passagierraum waren schon alle weg, eine Angestellte wischte die Tische mit einem Lappen ab. Doch die Marienstatue vorne auf der »Austria« strahlte noch immer in ihrem Glühbirnenkranz.

In der folgenden Nacht hatte Anna Katharina einen fürchterlichen Alptraum. Unter der Oberfläche war der ganze See voll mit ineinander verschlungenen Kraken, Tentakeln mit Saugnäpfen, die sich umeinander wanden und sich nach ihr streckten. Die Oberfläche der Tentakeln war hornig, wie bei einem Drachen. Im Traum nahm sie einen Salzstreuer zur Hand und streute Salz auf das Krakengewirr. Da fielen die Fangarme plötzlich in sich zusammen, und heraus sprang ein junger und schöner Prinz. Tja.

Husqvarna Nähmaschinen

Morgen würde Anna Katharina Marinus wiedersehen. Zur Einstimmung machte sie wieder einmal die Abendrunde um 17 Uhr 25. Start mit der »Karlsruhe«, wie immer. Aber jetzt wußte sie, was in der Intarsienpyramide drin war, die man auf dem Bild am Stiegenaufgang zum ersten Deck bewundern konnte. Es war der Hauptplatz von Karlsruhe, mittendrin stand eine Pyramide. In einem Führer hatte sie inzwischen gelesen, daß er das Herz des Stadtgründers enthielte. Einen jugendlichen Fahrgast hatte sie einmal sagen hören:

»Do isch e g'schtorbener König drinn, dem schtinkt's, daß er g'schtorbe isch.«

In Lindau schnell hinüber auf die »Zürich«, dort ein Baumnußeis ausgefaßt. Jemand hinter ihr sagte:

»Ich redi immr us em Buuch usse, grad direkt. Ich denki nüd nooch.«

Dann eine andere Stimme:

»Ich weiß, wer dr nächschti Papscht würdt.«

»Was du nit seischt.«

»Dr Brueder Chlaus ischt wiedr inthronisiert, in Dütschland dussa.«

»Woher willscht etzt du das wüsse?«

»Des ischt das dritte Geheimnis von Fatima.«

»Sebb müeßt dr Vatikan doch au wüsse.«

»Dr Vatikan ischt verloge, sägge mr's doch ehrlich.«

»Dr Woytila ischt dr letscht polnisch Papscht gsii.«

»D'Zitt ischt nooch, es will's bloß keiner wohrhobe.«

Vielleicht war das ihr letztes Eis vor der Apokalypse gewesen.

Von der »Zürich« dann in Wasserburg wieder auf die »Karlsruhe«. Auf dem hinteren oberen Deck spielt eine Musikkapelle: ein Akkordeon, eine Trompete und eine Posaune, dazu ein Mann, der über seinem Kopf hölzerne Hände mit aufgemalten roten Fingernägeln zusammenklatschte. Anna Katharina erkannte das »Südtiroler Bergsteigerlied«: »Wohl ist die Welt so groß und weit und voller Sonnenschein, das allerschönste Stück davon ist doch die Heimat mein.« Die Heimat war aber nicht der Bodensee, sondern Südtirol. In den fünfziger Jahren war dieses Lied verboten gewesen. Dann hörten die Musikanten auf und gaben die Instrumente zurück in die Futterale. Anna Katharina setzte sich auf dem vorderen Deck in die Sonne. Von drinnen hörte man eine weibliche Stimme die Koloraturen der »Königin der Nacht« aus der »Zauberflöte« üben, die Arie »Der Hölle Rache kocht in meinem Herzen«: »Ahahahahahahahahaaa, ahahahahahahahahahahaaa« und so weiter. Die hätte ideal auf die »Überlingen« gepaßt! Vor der Landung in Nonnenhorn ging Anna Katharina ins Innere des Schiffes und hörte, wie jemand vom Personal sagte:

»Jetzt könne mer se abschieße.«

Und dann ertönte die Durchsage:

»In Kürze erreiche mer Nonnehorn. Mir bittend die Dame, die so schön singt, auszumsteige.«

Der Wasserstand in Nonnenhorn war so tief gesunken wie bisher noch nie. Beim Betreten des Landestegs mußte man den Kopf einziehen, es ging steil aufwärts. Vor der Hafenmauer war jetzt ein zwei bis drei Meter breiter Streifen mit großen Steinblöcken sichtbar, die aus dem Wasser aufgetaucht waren. Für die Rückfahrt bestieg Anna Katharina diesmal die »Vorarlberg«. Wasserburg ragte nicht mehr aus dem Wasser empor, sondern war von einem breiten Schottergürtel mit Treibholz umgeben. Und kurz vor Wasserburg geschah ein Wunder: Die Nr. 53 war MR. Ein Reiher! Das war eine kleine Sensation. In Lindau schmiegten sich dreizehn Schwarzmöwen bzw. Tauben in die Fugen der Hafenmauer; ein Anblick, der ihr bisher entgangen war, vielleicht, weil sie so auf die Reiher geachtet hatte.

Seit Mitte August war in der Reiherstatistik tote Hose. Außer in Kreuzlingen in der Reiherkolonie war kein einziger Reiher mehr zu sehen gewesen. Anscheinend hatte das Orakel seine Schuldigkeit getan. Anna Katharina rief Montanus an, der sich bei Vögeln auskannte.

»Es gibt keine Reiher mehr, die auf den Seezeichen sitzen. Woran kann das liegen?«

»Das ist eines der letzten unerforschten Geheimnisse der Ornithologie. Die Reiher verschwinden unter der Oberfläche des Bodensees, nachdem sie wochenlang nur ihr Spiegelbild angestarrt haben. Niemand weiß genau, was mit ihnen passiert. Im kommenden Frühling sind sie dann wieder auf dem Posten.« So lautete die Auskunft von Montanus.

Anna Katharina schüttelte zuerst den Kopf, aber dann gefiel ihr die Vorstellung von den verschwundenen Reihern immer besser. Als sie das nächste Mal auf der »Karlsruhe« Richtung Nonnenhorn schiffte, stellte sie sich vor, daß die untergetauchten Reiher alle zu einem einzigen verschmolzen, dem Ur-Reiher sozusagen, oder dem Reiher-Vater. Dieser Ur-Reiher war der Reiher von Nr. 57, das war klar. Kaum unter der Wasseroberfläche, vereinigte er sich mit allen anderen Reihern und tauchte bis zur tiefsten Stelle hinab, auf 254 Meter. Dort befand sich das Wrack von zwei in der Jungsteinzeit untergegangenen Einbäumen, die zusammengebunden worden waren, um Pferde damit zu transportieren. Auf dem Wrack saß bereits die Heilige Maria im Fatimakostüm. Der Ur-Reiher gesellte sich zu ihr, auf die verrotteten und von Dreikantmuscheln überzogenen Reste des steinzeitlichen Einbaums. Die heilige Maria schlug die Beine übereinander und zog ihren Gipsrock bis zum Knie hinauf. Der Reiher verwandelte sich in einen Flamingo. Die heilige Maria seufzte:

»Weiß Gott, was diesen Menschen alles einfällt! Früher wurde ich wenigstens nur ins Meer eingetaucht, z.B. in Les Saintes Maries de la Mer in der Provence, wenn die Zigeuner sich trafen, um zu mir eine Wallfahrt zu machen. Aber daß man mich in den Bodensee versenkt, das geht doch zu weit. Am Feste meiner Himmelfahrt! Sind wir hier im Himmel?«

Der Ur-Reiher hätte am liebsten Ja! gekrächzt, so gut gefiel ihm die heilige Maria.

»In der Hölle sind wir jedenfalls nicht«, schlug er seine dürren Beine übereinander, obwohl das mit den Knien nach hinten recht kompliziert war.

»Einer meiner Vettern, der in Kreuzlingen noch auf dem Posten ist, hat mir erzählt, daß der Teufel dort zu Gast war, das heißt in Konstanz. Marilyn Manson, der Schockrocker. Kennen Sie den?«

Die heilige Maria schüttelte den Kopf.

»Schwarz-weiß geschminkt tritt er auf, in einem eng geschnürten Lederkorsett, einer Art Stringtanga sowie einem die Hinterbacken freilassenden Geflecht aus Lederriemen.« Der Ur-Reiher wurde verlegen.

»Ich gebe nur die Berichte meines Kreuzlinger Vetters wieder. Seinen Auftritt – 17.000 Besucher bei ›Rock am See‹ – untermalte er mit Griffen in den Schritt und simulierten Geschlechtsakten. Nach einer Stunde war alles vorbei. Es gab nur eine kleine Gegendemonstration: auf der einen Seite Jugendliche mit orangeroten, pinkfarbenen oder giftgrünen Haaren und schwarz-weiß-geschminkten Gesichtern und Bierdosen in der Hand, natürlich auch Drogenkonsumenten, auf der anderen Seite Frauen und Männer in dunklen Kleidern mit Protestschildern, auf denen stand: ›Nein zu gewaltverherrlichender Musik‹ oder ›Satanismus, warum einem Verlierer dienen?‹ oder ›Wir singen für Jesu‹. Sie nennen sich Christen für die Wahrheit und glauben, daß Rockmusik die Seele des Hörers in satanische Fesseln legt. Hardcore-Christen, Jesus-Freaks, wenn ich so sagen darf.«

Der Ur-Reiher schloß seinen Schnabel wieder, seine Farbe war während der Erzählung von Flamingorosa auf Dunkelrot gewechselt. Die heilige Maria nahm die Sache mit Gelassenheit.

»Je nun, auch zu meinen Lebzeiten sind alle möglichen christlichen und anderen Sekten durch die Gegend gezogen. Die Urchristen wurden von den Juden als sexuell zügellos gebrandmarkt. Die Menschen haben ein Bedürfnis nach Schwarz-Weiß-Malerei und Weltuntergangsstimmung.«

»Aber was wohl Ihr Sohn dazu meint?« Der Reiher huldigte Naturgottheiten, für ihn war Jesus nichts Besonderes, »er ist doch bei dieser Prozession auch mitgefahren, auf der ›Montafon‹.«

»Mein Sohn geht seine eigenen Wege, das könnten Sie doch wissen. Auf mich hat er noch nie gehört.«

»Und der Alte?« Der Reiher hatte wirklich keine Ahnung von christlichen Hierarchien.

»Sie meinen den Vater meines Kindes? Gott, wie ihn die Menschen nennen?«

Der Reiher nickte mit seinem Federschopf.

»Der ist meistens damit beschäftigt, das Schlimmste zu verhindern. Marilyn Manson, daß ich nicht lache. Mit solchen Kleinigkeiten gibt er sich nicht ab.«

Der Seeboden um die heilige Maria und den Reiher herum war mit zahlreichen Nähmaschinen übersät, Marke *Husqvarna*, einem schwedischen Produkt.

»Wo die wohl herkommen?« sinnierte der Reiher.

»Ja wissen Sie denn das nicht?« Die heilige Maria schlug erstaunt ihre dunkelblauen Augen zu ihm auf.

»1936, der Untergang der ›Peer Brahe‹ auf dem Vättarsee in Schweden? Das Schiff war vollbeladen mit *Husqvarna*-Nähmaschinen, die dort produziert werden. Ein berühmter Kinderbuchillustrator ist auch mit untergegangen.«

»Und wie kommen die Nähmaschinen hierher? In den Bodensee?« Der Reiher wiegte skeptisch den Kopf.

»Es gibt eine unterirdische Verbindung vom Vättarsee zum Bodensee. Es fließt hier ja auch nicht nur der Rhein durch, auch Wasser von den Donauquellen sickert ein. Wir befinden uns im Zentrum der europäischen Flußsysteme. Und außerdem ist der Bodensee die Seele Europas, wie Sie wohl wissen dürften.« Die heilige Maria blickte den Reiher fast vorwurfsvoll an.

»Jaja, das weiß ich schon. Wir werden ja immer wieder von diesem sogenannten Seelenfänger beim Sitzen auf unseren Pfählen gestört.«

»Seelenfänger?« Nun war die heilige Maria etwas ratlos.

»Haben Sie den noch nie erlebt? In Hagnau, das Ausflugsschiff? Ich kann es schon gar nicht mehr hören, immer diese Ankündigung.« Der Reiher verfiel in einen leiernden Tonfall:

»Wir sagen gern: ›Bodensee, Seele Europas‹. Lassen Sie uns deshalb mit einer speziellen Gäste-Kreuzfahrt Ihre Seele ›einfangen‹. Hier wollen wir Sie einstimmen auf die Schönheiten und Möglichkeiten der Region. Sie fahren mit MS ›Königin Katharina‹, und ein waschechter Bodensee Käpt'n erzählt von der Seelandschaft. Die Verkehrsämter geben dazu Tips, sorgen für Spaß und Unterhaltung, die Bordküche bietet Leckeres für Ihr leibliches Wohl«.« Die krächzende Stimme des Reihers war vor Überdruß ganz gehässig geworden.

»Aber das mit den Nähmaschinen ist schon toll«. Der Reiher schlug nun das linke Bein über das rechte.

»In der Antike und in der Renaissance war der Gedanke an geheime unterirdische Strömungen sehr verbreitet. Er findet sich zum Beispiel auch bei Athanasius Kircher.«

Auf dem Seegrund befand sich eine Kiste, die der Reiher nun mit seinem Schnabel aufbrach.

»Seewein, sehr lecker, aus Überlingen, den hat ein Dichter, der die Kiste vom Bürgermeister geschenkt bekommen hat, nach einer Lesung im Wasser versenkt, weil er ihn auf seiner Lesereise nicht mitschleppen konnte. Und jetzt kommen wir in den Genuß.«

Anna Katharina schreckte aus ihren Träumereien hoch. Sie hatte im *Südkurier* einen Bericht über dieses Rockkonzert gelesen, und nun verschmolz in ihr die Zeitungslektüre mit Montanus' fabulöser Auskunft über die Reiher. Aber woher sie das mit dem Vättarsee und den Nähmaschinen hatte? Das Schaukeln auf dem See schien gewisse Wirkungen auf ihr Nervensystem auszuüben. Obwohl heute auf dem Schiff die Hölle los war. Laut Wetterbericht der letzte schöne Tag vor einem Kälteeinbruch, die Touristen schienen sich das zu Herzen genommen zu haben. Sie stürmten geradezu die »Karlsruhe«; schon beim Einsteigen in Bregenz hatte sich eine lange Schlange bis fast zum Hafenausgang geringelt, die Radfahrer natürlich nicht hinten, sondern überall nach vorne drängelnd und die Fußgänger drangsalierend. In Lindau waren gottseidank einige von Bord gegangen, aber sie fand immer noch keinen Sitzplatz an ihrem bevorzugten Platz, dem vorderen Deck. So saß sie diesmal seitlich, mit dem Blick auf die fernen blauen Schweizerberge, und träumte vom Ur-Reiher und der heiligen Maria. In Nonnenhorn schaffte sie wieder die Strecke zur Café-Konditorei Lanz und ließ sich Nuß-Vanille geben. Immer schon war ihr dieser schreckliche Brunnen aufgefallen, aber heute ganz besonders: ein flaches, veralgtes Becken, in dem ein paar Münzen lagen, und drin in der Mitte zwei häßliche Bronzeplastiken, die Weinhüter und Reblaus darstellten, zwei Figuren aus dem Nonnenhorner Fasching, naturalistisch verkrümmt, man hörte geradezu ihr Lachen. Auf der Rückfahrt ging die Sonne unter, die Wasseroberfläche, in kleinen Kräuseln, hatte die Farbe von Gold und Türkis. Eine kolorierte italienische Postkarte aus den sechziger Jahren war blaß dagegen.

Marinus war wieder zurück, er hüllte sich aber in Schweigen über das, was er gemacht hatte. Das Wetter hatte umgeschlagen, es war grau, und am Nachmittag hatten heftige Schauer ihr Fenster gepeitscht. Sie traf Marinus schon bei der Post, und er meinte:

»Bei diesem Wetter ist sicher kein Mensch unterwegs. Wahrscheinlich fährt heute die ›Baden‹.« Anna Katharina traute ihren Augen kaum, als tatsächlich die altmodische »Baden« mit ihrem Palmendeck auf Anlegestelle 2 lag. Färbten die mantischen Fähigkeiten der Reiher auf Marinus ab? Marinus, das badische Orakel? War er etwa auch ein verwandelter Reiher? An Bord konnten sie sich ihre Plätze aussuchen, nur im Inneren, in der »Restauration« im Erdgeschoß und im Salon mit dem Raucherschild, waren ein paar Passagiere zusammengerückt wie verschreckte Schafe. Obwohl gerade die Bar mit ihren *Grappa Nardini*, *Cognac Remy Martin* und anderen hochprozentigen Flaschen sehr anheimelnd wirkte. In einer Vase flammten rote Gladiolen, an der Theke waren Dahlienblüten in flachen Gläsern verteilt, sogar ein Strauß dunkelroter Rosen stand auf dem Tresen. Marinus und Anna Katharina suchten sich ein trockenes Plätzchen auf dem Palmendeck, in der Mitte, denn bei diesem Seegang wurden die Randsitze auf den braunen Bänken immer wieder von Wasserschwällen überschwemmt, die von der weißen Abdeckplane herunterschwappten. Es war richtig hoher Seegang; wenn man sich an Deck bewegte, mußte man sich an der Reling festhalten. Von Westen kämpfte sich die »Zürich« heran, die »Stuttgart« mit ihrer Apfeldekoration schaukelte ebenfalls heftig auf den Wellen. Die »Baden« lief vor der »Zürich« aus dem Lindauer Hafen aus und nahm Kurs auf Bad Schachen. Der Seegang wurde immer heftiger, Marinus hatte seine Bodenseemütze aufgesetzt, aber bei dem Wind mußte selbst er mit seinem dicken runden Kopf Angst haben, daß sie ihm davonflog. Auf den Seezeichen Nr. 62 saßen je ein bis zwei Kormorane, die sich bei dem rauhen Wetter wohlzufühlen schienen. Von Reihern wirklich keine Spur.

»Komisch, sonst fahren wir doch immer innen an den Seezeichen vorbei«. Anna Katharina hatte sich ihre Kapuze übergestülpt.

»Wie findest Du diese altmodischen Kühlschränke?« Hinter dem Schanktisch auf dem Deck mit den Palmen standen zwei altmodische Kästen, beide mit Ketten umwickelt und mit einem Vorhängeschloß gesichert. Innen trugen sie Kühlrippen, also mußten es Kühlschränke sein, gefüllt mit Bier- und sonstigen Getränkedosen. Auf einem stand *Bitburger,* auf dem anderen *Miller's Genuin Draft.* Die »Baden« fuhr immer noch geradeaus, Bad Schachen blieb rechts liegen, obwohl keine Durchsage gewesen war. Rauhe See heute, das hatten sie noch nie erlebt!

Marinus beschloß, in Wasserburg von Bord zu gehen. Kurz vor der Landung wurden die Passagiere aufgerufen, sich aufs untere Deck nach vorne zu begeben, weil wegen des niedrigen Wasserstandes der Ausstieg von dort erfolgen würde. Anna Katharina und Marinus drängten sich mit einer Reihe windzerzauster Passagiere an der linken Seite des Schiffs nach vorn, doch sie mußten unverrichteter Dinge wieder zurückkehren. Kein Ausstieg möglich. An Nonnenhorn fuhr die »Baden« gleich einmal in weitem Bogen vorbei.

»Vielleicht müssen wir bis Friedrichshafen an Bord bleiben.« Marinus seufzte, Anna Katharina gefiel diese Aussicht nicht schlecht.

»Oder für immer. Wie der fliegende Holländer.« Marinus blickte unbestimmt in die Ferne.

Doch in Kressbronn klappte es mit dem Landen. Der See war hier bedeutend ruhiger, die »Baden« konnte anlegen und die Passagiere mit eingezogenen Köpfen wieder festes Land unter den Füßen gewinnen. Sie liefen Richtung Ufer, um eine Telefonzelle zu suchen, da Marinus schon wieder irgendeine Verabredung zu Weißwürsten hatte und seine Verspätung ankündigen wollte, aber der Hafen von Kressbronn war telefonzellenfrei. Lediglich großzügig gestaltete Toilettenanlagen erfreuten den Feriengast. Kaum waren sie wieder auf dem Landesteg, kam auch schon die »Austria« angefahren. Landung perfekt, ohne lautes Rammen der Pfähle, selbst bei diesem Seegang. Zur Sicherheit ging Marinus in Wasserburg von Bord, da er Zweifel hatte, ob Bad Schachen angefahren würde. Natürlich waren seine Zweifel unbegründet, in Bad Schachen warteten die Hafenjünglinge zu dritt, einer trug einen militärischen Tarnanzug, doch sie hatten nichts zu tun, da weder jemand von noch jemand an Bord wollte. Anna Katharina stand wieder im Freien, auf dem oberen Deck, und blickte Richtung Westen. Der Himmel hinter Wasserburg war mit großflächigen grauen Pinselstrichen koloriert, in der Mitte des Sees war ein Stück Himmel aufgerissen, das eisblau leuchtete. In Bregenz war sie eine unter vier Passagieren, die ausstiegen. Die Räume waren bereits aufgestuhlt, in einer Ecke lag ein Plastiksack mit Müll. Auch die Schiffe im Hafen, die »Vorarlberg« und die »Stadt Bregenz«, ähnelten im Inneren Stachelschweinen, mit den aufgestellten Stuhlbeinen auf den Tischen. Beim Heimweg sah sie in der Ferne vor der Kulisse des beleuchteten Lindau ein illuminiertes Schiff in den Hafen einfahren.

Kriminelle Kriechströme

Am darauffolgenden Samstag hatte sich Marinus mit ihr wieder per Mail verabredet: 6 Uhr 59 Abfahrt Bregenz Hafen. Es regnete, aber sie warf ihren gelben Regenmantel über und radelte zum Hafen. Viel zu früh, es war erst zehn vor. Von Marinus noch keine Spur. Er pflegte an diesen Morgen von Bad Schachen ein Taxi zu nehmen, Geld spielte bei ihm anscheinend keine Rolle. Um sich das Warten zu verkürzen, warf Anna Katharina einen Blick auf die hydrographische Beobachtungsstation. Das Seewasser hatte derzeit eine Temperatur von 18,5 Grad Celsius, was ihr, wenn nicht die Sonne schien, zu kalt zum Schwimmen war. Der Wasserstand war den ganzen Sommer über dem Durchschnitt gewesen, war aber jetzt darunter abgesunken. Dann wandte sie sich dem Bahnsteig zu und blickte in die Unterführung hinunter, aus der Marinus gewöhnlich aufzutauchen pflegte. Man hatte das Ganze vor kurzem renoviert. Um künftige Sprayer abzuschrecken, waren die Wände bereits mit Graffitti vollgemalt. Wahrscheinlich war das eine Aktion des Stadtbauamtes kombiniert mit der Jugendbehörde. Plötzlich legte sich eine Hand auf ihre Schulter: Marinus war von hinten gekommen. Gleich darauf fuhr der Zug ein. Bis Sankt Margrethen tat sich nichts Besonderes. Beim Fahren über die Rheinbrücke fiel Marinus endlich ein, ihr etwas über seine Zollforschungen zu erzählen. Es war ihr schon verdächtig vorgekommen, daß er immer nur über Hedy Fischer und die Studenten der St. Galler Handelshochschule berichtet hatte. Hedy Fischer… Wer da wohl dahintersteckte?

»Im 1. Weltkrieg war es verboten, Stoff in die Schweiz zu importieren. Weißt du, wie man dieses Verbot umgangen hat?«

Anna Katharina dachte nach, es fiel ihr aber nichts ein. Als Schmugglerin wäre sie nicht besonders begabt gewesen.

»Sie haben einfach achtzig Meter lange Nachthemden genäht und die als Konfektionsware eingeführt. Schon schlau, nicht? Auf was die Menschen alles verfallen, wenn es darum geht, Vorschriften zu umgehen.« In St. Margrethen weit und breit kein Zöllner auf dem Bahnsteig, und das an der EU-

Außengrenze. Doch unten, in der Unterführung, kamen zwei Uniformierte auf sie zu, und sie mußten die Ausweise zeigen. Endlich einmal eine legal kontrollierte Einreise in die Schweiz!

Anna Katharina holte sich ihre Kipfeli und die NZZ aus dem Bahnhofscafé, sie nahm jetzt immer zwei, Marinus löste die Fahrkarten am Automaten, dann fuhr auch schon ihr Zug ein. Obwohl Samstag war, bevölkerten schon um diese frühe Stunde Wanderer und Wandererinnen, natürlich alle in Gruppen, den Bahnsteig.

»Jetzt steht man extra so früh auf, und dann schon wieder diese Menschen in Horden. Furchtbar.« Anna Katharina schimpfte vor sich hin und biß zum Trost in ein Kipfeli.

»Wieso kann denn niemand mehr etwas allein machen? Ich wandere auch gerne, aber doch nicht in der Truppe.«

Marinus fiel noch etwas zu den Nachthemden ein:

»Sie konnten auch hundert Meter lang sein, das habe ich noch vergessen zu sagen. Nachthemden von achtzig bis hundert Meter Länge! Aber es scheint funktioniert zu haben. Jedenfalls eine Zeitlang. Dann ist der Zoll doch eingeschritten, sonst hätte ich die Sache ja nicht in den Akten gefunden.«

Anna Katharina erinnerte sich an einen Artikel, den sie kürzlich in der Zeitung gelesen hatte.

»Im Grunde waren diese Schmuggler Europäer *avant la lettre*. Irgendwo habe ich gelesen, daß die Pioniere des neuen Europa heute nicht die Politiker sind, sondern die litauischen Gebrauchtwagenhändler.«

»Wie bitte?«

Marinus blickte nun doch etwas erstaunt.

»Die litauischen Gebrauchtwagenhändler. Sie kaufen Autos, gebrauchte Autos, im Ruhrgebiet und verkaufen sie dann in Osteuropa weiter. So entsteht die Realität des offenen Europa. Auch die Schwulenszene ist ein Faktor der europäischen Einigung. Sie reicht nämlich inzwischen längst von Paris bis Sankt Petersburg. Die Suche nach dem erotischen Kick ist ein ganz wichtiges Moment gewesen zur Überwindung der Ost-West-Trennung in beide Richtungen. Auch Frauenhandel trägt zur europäischen Einigung bei. Die Schattenseiten muß man eben in Kauf nehmen. Hauptsache, Europa wird eins. Kriechströme sind das, Kriechströme zur europäischen Einigung. Nichts Offizielles, von Brüssel aus Dirigiertes. Aber etwas, das die Menschen selber in die Hand nehmen. Wie den Schmuggel hier in die Schweiz. Die grenzüberschreitende kriminelle Intelligenz beschleunigt die Prozesse von Austausch und Annäherung ganz erheblich, das ist doch klar, oder? Die Bürokratie ist da immer mindestens zehn Jahre hinten.«

Marinus nickte nur vor sich hin. Dachte er vielleicht an die vielen Weißwürste, die er über die Grenze bringen wollte oder gebracht hatte?

In Rorschach stiegen sie wieder um, Anna Katharina las die NZZ, Marinus blickte zum Fenster hinaus.

In Arbon, im Migros, heute kein Krustenkranz, sondern Bürli und ein abgepacktes Lammvoressen aus Schweizer Lamm, kleine Fleischstücke in einer Plastikschale.

»Morgen mache ich Cous-Cous. Lockt dich das nicht?« Das war eigentlich ein kühner Vorstoß, denn Anna Katharina hatte noch nie versucht, Marinus einzuladen.

»Hab schon etwas vor, kann leider nicht.«

Das hätte sie sich denken können.

»Schau, schnell!« Marinus zog sie am Ärmel, als sie gerade aus dem Bahnhof Egnach ausfuhren. Zwei Glockenanlagen auf Stielen, die nebeneinander standen, waren rot und grün gefärbt und hatten Gesichter aufgemalt.

Anna Katharina hatte wieder etwas in der Zeitung gefunden.

»Weißt du, was Hamsun über die Schweiz geschrieben hat?«

Marinus schüttelte den Kopf.

Sie zitierte aus dem Artikel:

»Die Schweiz darf für uns kein Ziel sein, zu etwas so Drekkigem und in jeder Hinsicht Armem sollten wir nicht emporblicken. Wenn wir von einem Sagenhelden, einem religiösen Fanatiker sowie einigen Uhrenfabrikanten absehen, war und ist die Schweiz ein geistig totes Land. In ihrer ganzen Geschichte keine einzige große Seele.«

»Hamsun war auch ein Faschist. Kein Wunder, daß ihm die Schweiz nicht gefallen hat. Die Ur-Demokratie.«

»Doch, einen hat er gelten lassen. Einer hatte eine große Seele: Arnold Böcklin.«

In Kreuzlingen war heute in der Fischhandlung der Knusperli-Teller zum Mitnehmen um 10 Franken angeboten, doch Anna Katharina hatte soeben ihre Kipfeli gefrühstückt und konnte nicht schon wieder essen. Tapeten Sauter, das nächste Haus über den Bahnschranken, sah aus wie ein Originalschauplatz für einen Sherlock-Holmes-Krimi. Spitzes, steiles Dach, geschnitzte Verzierungen, eine Veranda, ein kleiner Vorgarten. Das Schiff, das heute auf sie wartete, war die »Munot«. Fast kein Mensch an Bord. Da es nur leicht regnete, stiegen sie aufs obere Deck hinauf.

»Jetzt bin ich nur neugierig, ob die Reiher noch da sind. Wenn hier auch keine sind, glaube ich wirklich die Geschichte, daß sie sich in den See stürzen.« Anna Katharina hatte Marinus von Montanus' Auskunft über das Schicksal der Reiher erzählt. Sie fuhren von der Landestelle ab, doch auf keiner Tafel saß ein Langkrummnacken. Auch in dem Schilfflecken, auf dem sie sich normalerweise aufhielten, war nichts zu sehen.

»Da vorne, da steht ein Storch!«

Marinus war ganz aufgeregt.

»Und da fliegt auch schon ein Reiher!«

Anna Katharina hatte ein Exemplar entdeckt, das mit gekrümmtem Hals niedrig über das Schilf strich. Doch als sie so weit ausgefahren waren, daß sie den Uferstreifen sehen konnten, kamen sie mit Zählen kaum mehr nach. Insgesamt standen vierzig Reiher am Ufer und zwei Störche. Das war absoluter Rekord. Offenbar hatten sie hier einen Wahrsagerkongreß, bei dem sie berieten, ob sie in den Süden fliegen sollten oder nicht.

Nach der Arbeit in der Bibliothek bestiegen Marinus und Anna Katharina um 14 Uhr 35 das Schiff nach Meersburg. Dort mußten sie umsteigen, auf einen Bummler nach Bad Schachen und Bregenz. Es war kühl und windig, ab und zu fiel ein Regentropfen, aber man konnte nicht sagen, daß es geregnet hätte. In Meersburg stand schon eine lange Schlange an dem Anlegeplatz, an dem die winzige »Österreich« auf Gäste wartete. Es war der letzte Sonntag nach dem alten Fahrplan, was Horden von Jahrgängervereinen dazu bewogen hatte, noch einen Ausflug zu machen. Marinus und Anna Katharina schlängelten sich zwischen den fidelen Weißhaarigen beiderlei Geschlechts durch und stiegen zuerst auf das hintere obere Deck. Die Plätze unter dem Vordach waren schon alle besetzt, so daß sie unter freiem Himmel fahren mußten. Aber da es noch nicht regnete und sie regenfest bekleidet waren, störte sie das nicht, obwohl der Wind beim Fahren ziemlich kalt wurde. Vom anderen Ufer winkte Bottikofen herüber, das durch den Kühnen Ku wohl in die Geschichte eingehen würde.

»Hast du die ›Königin Katharina‹ im Hafen von Konstanz gesehen?« Marinus zog sich seine Wollmütze mit dem Schriftzug von Ajax Amsterdam tiefer in die Stirn.

»Klar. Und ich weiß jetzt auch, wer Königin Katharina war.« Anna Katharina genoß ihren Triumph.

»Jedenfalls weiß ich, wann sie gelebt hat: von 1788 bis 1819. Als ich das letztemal auf ihr gefahren bin, habe ich nämlich ein Plakat dort hängen sehen, mit ihren Lebensdaten und der Reproduktion eines Ölgemäldes.«

»War sie schön?«

Seit wann interessierte sich Marinus dafür, ob Frauen schön waren?

»Ein dunkler Typ. Braune Augen, schwarze Haare.«

»Wahrscheinlich war sie eine Tochter des dicken Friedrich, dieses Königs von Württemberg.«

»Wieso war der eigentlich König?«

Marinus blickte sie ungläubig an:

»Aber das wirst du doch wohl wissen, wie die alle Könige wurden: von Napoleons Gnaden. Vermutlich hat sie diesen König Lustig geheiratet, den Bruder Napoleons, wie hieß der gleich?«

»Jerôme? Den König von Westfalen?«

»Genau. Der wurde dann ja auch Fürst von Tettnang. Wahrscheinlich, weil er mit einer Tochter des dicken Friedrich verheiratet war. Oder Jerôme war sogar ihr Vater.«

Anna Katharina protestierte.

»Wie soll das denn gehen? Vermutlich wurde sie 1787

gezeugt, vor der Französischen Revolution, da war dieser Geronimo Buonaparte oder wie er damals hieß, vielleicht auch Girolamo, als Bruder Napoleons doch nur ein unbedeutender korsischer Edelmann. Entweder Frau oder Tochter, aber doch nicht beides, das geht doch nicht.«

Marinus sagte nichts mehr. Die Wellen wurden immer heftiger, auch die Regentropfen nahmen an Frequenz und Dichte zu.

»Am besten, wir gehen nach unten und setzen uns vorne hin, meinte er kurz vor Friedrichshafen. Da sind wir unter Dach.«

»Aber der Wind peitscht uns genau ins Gesicht.« Anna Katharina war nicht völlig überzeugt, aber sie folgte Marinus aufs untere Deck. Inzwischen goß es, und die Gischt spritzte bis zu ihnen aufs Deck. In der Mitte neben dem Abfallkübel stand ein einziger freier Metallstuhl, die anderen waren übereinandergestapelt und festgebunden. Marinus bot ihr galant den Sitzplatz an und stellte sich daneben. Als sie wieder auf hoher See waren, erwies sich das für Anna Katharina als großer Vorteil, denn Marinus diente ihr als Schild gegen die Windböen und Regenkaskaden, die von der Seeseite her über das Deck fegten. Sie hatte sich von oben bis unten in ihren Fahrradmantel eingehüllt und trug unter der Kapuze noch eine Wollmütze, so daß das Wetter gut auszuhalten war. Aber außer ihnen befand sich kein Mensch im Freien. Alle saßen zusammengepfercht im Inneren, vor Gläsern mit Bieren oder Tortenstücken und im dampfigen Dunst des kollektiven Wohlseins. Die Landungen verliefen heute als Zusammenprall zwischen Schiffskörper und Landepflöcken, unsanft wie noch nie krachte die »Österreich« seitlich an die Metallpfosten. Überall das frenetische orangerote Blinken der Sturmwarnungen und kein Mensch, der einsteigen wollte. In Langenargen, Nonnenhorn und Wasserburg gingen größere Kontingente an Ratten von Bord, der alte Goethe trug bloß einen Anorak und seine Dienstmütze. Anna Katharina dachte, daß ihm wahrscheinlich das Wasser hinten am Hals den Rücken hinunterrann. Die Wellenbrecher in Wasserburg ragten mehr als einen Meter über den Wasserspiegel, aber bei dem heutigen Wellengang wurden sie ständig überspült. Am schlimmsten war das Wetter zwischen Wasserburg und Bad Schachen. Wenn Marinus nicht neben ihr gestanden hätte, wäre sie klatschnaß geworden. Aber es war ein tolles Gefühl, so richtig auf und ab geschaukelt zu werden und die Regentropfen als Trommelfeuer ins Gesicht geklatscht zu bekommen. Ab und zu ging eine schäumende Welle über das Deck, nur schade, daß es kein Salzwasser war. Marinus ging, wie üblich, in Bad Schachen von Bord. Schon wieder verabschiedete er sich für eine ganze Weile.

»Eine Reise in die Kolonien«, murmelte er. Das war alles. Anna Katharina konnte wieder Rätselraten, was er damit meinte. Bis sie in Bregenz angekommen war, hatte sich die Nässe an ihren Hosenbeinen hinauf unter dem Regenmantel durchgefressen, die Wollmütze triefte, und ihre Finger waren klamm. Zwischen Lindau und Bregenz waren ein Spatz und eine Taube mitgereist, die vergessen hatten, im Hafen wieder von Bord zu gehen.

Doctor Marinus Zeeman

Kurz darauf erhielt Anna Katharina wieder eine e-mail von Marinus:

Obwohl Anna Katharina über Dr. Marinus Zeeman nicht viel wußte, so war doch bei den Leuten hier am See einiges über ihn bekannt. Die Zeemans verbrachten seit Königin Wilhelminas Zeiten (die 1898 die Regierung antrat) ihren Sommerurlaub am Bodensee. Und so wollte auch Marinus mit dem eingefahrenen Brauch seiner Eltern und Großeltern nicht brechen. Das von der Familie seit jeher bevorzugte Hotel Bad Schachen sagte ihm sehr zu. Denn hier fand er alles, was man für einen Erholungsurlaub brauchte, vor allem eine wohltuende Ruhe, wie es sie in den Städten Lindau, Bregenz oder Konstanz mit ihren lauten betriebsamen Häfen nicht gab. Im ruhig gelegenen Hotel Bad Schachen lebte man inmitten eines großen, alten Privatparks völlig abgeschirmt, hatte aber gleichzeitig den Blick auf die Inselstadt Lindau und auf die unendliche Weite des Sees. Das 1752 gegründete Haus befand sich seit sieben Generationen im Besitz einer Familie, die sich allen guten Traditionen europäischer Hotelkultur verpflichtet wußte. Alles war da und alles unverwechselbar, einmalig, persönlich und im schönsten Sinne altmodisch wie ein Maßanzug. Von der Stange, das gibt's woanders. Genau so, wie er es unlängst in einem Reisemagazin gelesen hatte, so empfand es auch Marinus; er konnte jedes Wort davon unterstreichen.

Das Hotel bot nicht nur Ruhe, sondern auch vielfältige Abwechslung. Man konnte im Bademantel das unmittelbar benachbarte exklusive Bad aufsuchen, es gab Tennisplätze im Schatten des Hauses, es gab Golfarrangements, man konnte auf den weiten und luftigen Balkonen einfach dösen, man konnte von der Anlegestelle des Hauses aus mit deutschen, österreichischen und Schweizer Schiffen fast zu jeder Tageszeit den See befahren, man konnte sich im Seerestaurant oder auf den Seeterrassen kulinarisch verwöhnen lassen. Und am Abend liebte es Marinus, in der Pianobar den Evergreens zu lauschen. Es war und blieb aber seine Lieblingsbeschäftigung, sich auf seinen Balkon zurückzuziehen, um an seinen Romanen zu schreiben.

Dort hatten gerade ein kleines Tischchen und zwei Stüble Platz, auf dem zweiten legte er Bücher ab. Sein Zimmer, die Nummer 218, lag im 2. Stock. Nach einem kleinen Vorraum, von dem man ins Bad gelangte, sehr komfortabel sogar mit Badewanne eingerichtet, betrat man einen Raum mit atemberaubender Seesicht. Es war ein klassisches Herrenzimmer: die Wände mit braunem Rupfen tapeziert und über dem Bett blau unterlegte Stiche mit Biedermeierdandys. Zum Nebenzimmer führte eine als Schranktür verkleidete Verbindung, doch sie war verschlossen. Marinus sah auch nie jemanden auf dem Nachbarbalkon, obwohl er geschworen hätte, daß das Zimmer neben ihm bewohnt war. Manchmal mußmaßte er, daß sich Anna Katharina dort eingemietet hatte. Ihr Auftauchen hätte ihn sicher in angenehme Aufregung versetzt.

Marinus stammte aus Hoorn in Nordholland: einem Ort, der seit Jahrhunderten der Seefahrt verbunden war. Die Geschichte seiner Vaterstadt war gelebte Seefahrtsgeschichte. Wer kennt nicht die von dort stammenden Seehelden Willem Ysbrantszoon Bontekoe oder David Pieterszoon de Vries? Die Berichte über ihre Ostindienreisen waren Bestseller, ja sind es heute noch. Marinus tat es ihnen im Kleinen nach und war am Bodensee bekannt geworden durch seinen Roman »Die Lustschiffer«, in dem er auf amüsante Weise Dreiecksverhältnisse im Dreiländereck dargestellt hatte, wie sie sich auf Segelbooten abspielten. Das hatten die Segelboote auf dem Bodensee den Ostindienfahrern voraus, auf denen die Anwesenheit von Frauen nicht geduldet wurde. Wenn man auch an den Bahnhofskiosken mit der Frage nach Zeemans »Die Lustschiffer« nur verständnisloses Kopfschütteln hervorrief, so lag dieses Buch doch immerhin in allen größeren Buchhandlungen rings um den See an verkaufsgünstigen Stellen aus, ja es wurde während der Urlaubszeit sogar zu einem deutlich ermäßigten Sommerpreis angeboten. Da tat sich die Matt mit ihren weniger seetüchtigen Titeln (ihre Schiffe gingen nämlich unter) sehr viel schwerer. Aber wer weiß, vielleicht liegt sie im nächsten Jahr mit ihrer »Seesucht« bedeutend besser im Rennen und gewinnt am Ende noch den Wettlauf um den Blauen Lorbeerkranz auf dem Bodensee.

Marinus war es seiner Herkunft aus Hoorn als einer der ersten Adressen in der christlichen Seefahrt sowie seinem Vor- und Nachnamen schuldig, sich immer wieder mit dem Thema See oder Meer gedanklich auseinanderzusetzen und die Welt des Wassers in allen ihren Erscheinungsformen zu beschreiben und zu analysieren.

Schon die alten Römer wußten um die Notwendigkeit der Seefahrt, was sie in dem Satz zusammenfaßten:»Navigare necesse est«
(Seefahrt tut not). In jenen Zeiten, wo man noch keine Eisenbahn und
keine wirklichen Überlandstraßen hatte, war man in der Tat auf die
Schiffahrt angewiesen. Schiffe waren für Personen und Waren das
billigste, schnellste, bequemste und sicherste Fortbewegungsmittel.
Das galt für das Meer ebenso wie für den Bodensee. Und so wurden
auf dem See Pilger und Kaufleute, Bauern und Bürger, Edelleute,
Bischöfe und Äbte gefahren, ja selbst der Kaiser bevorzugte ein Schiff,
wie denn auch der Wein, das Salz, Getreide, Holz, Eisen, Bausteine,
Südfrüchte und Gewürze auf dem Wasserweg transportiert wurden.
Aber gilt der Satz»Seefahrt tut not« auch heute noch? Marinus verneinte das entschieden: es mochte auf dem Meer und auf den großen
Binnenströmen noch gelten, aber auf dem Bodensee? Hier war, wenn
man von den Fähren absieht, die Romanshorn und Friedrichshafen,
Konstanz und Meersburg verbinden, der Verkehr auf dem Wasser
zur reinen Lustschiffahrt geworden. Daher:»Die Lustschiffer«, wie
er es in seinem Roman ausführte. Er sah hier den entscheidenden
Grund für eine sich ausbreitende Seesucht.

Ein Thema, das Marinus auch nie los ließ, waren die gegensätz-
lichen Bedeutungen von Meer und See im Deutschen und im Holländischen. Was in der deutschen Sprache Meer genannt wird, bezeichnet
der Niederländer als»zee« (See), während man im Deutschen einen
Binnensee als See bezeichnet, im Niederländischen aber als»meer«.
Marinus kannte den Bodensee von seiner frühesten Kindheit an immer nur als Bodenmeer. Oder den Genfer See stets nur als»het meer
van Genève«. Es entbehrte auch nicht einer gewissen Logik, mit Meer
nur Binnengewässer zu bezeichnen, weil Meer wiederum mit Morast
wortverwandt ist. Daß die holländische Sichtweise die richtige war,
bestätigte schließlich auch der Name Meersburg: die Burg am Meer
in der Bedeutung von Binnensee. Neutraler drückten es die Gründer
von Wasserburg aus; sie wollten sich nicht festlegen und sprachen
einfach von der Burg am Wasser. Ähnlich unverbindlich blieben
Ortsnamen wie Maurach, Fußach, Lauterach, Rorschach, Steinach,
Egnach oder Schachen, die nur auf ein Wasser unbestimmter Art
Bezug nahmen. Konnte man es den Ortsnamengebern allenfalls noch
nachsehen, wenn sie sich nicht genau festlegen wollten (was hätte es

auch für einen Sinn gemacht, anstelle von Wasserburg ein zweites Meersburg einzuführen), so konnte man einem, der es besser wissen sollte, seine Respektlosigkeit nicht verzeihen: Für den Griechen Strabo, einen der bedeutendsten Geographen der Antike, war der Bodensee weder ein See noch ein Meer, sondern ganz schlicht ἡ λίμνη, der Teich. Dabei lagen ihm genaue Daten über die Größe des Sees vor. Marinus machte sich auch Gedanken über die unterschiedlichen grammatischen Geschlechter. Im Holländischen ist »zee« weiblich, »meer« – wie auch im Deutschen – sächlich. Im Deutschen ist See männlich; jedoch hat sich unter norddeutschem Einfluß auch eine weibliche See durchgesetzt, mit der man das Meer bezeichnet, während der männliche See für die Binnenseen reserviert ist. Beispiele wären die Nordsee oder die Ostsee. Sehr verwirrend und wenig logisch.

Was aber, so stellt sich hier die Frage, steckt hinter der Seesucht, wenn wir sie in ihre Bestandteile zerlegen? Der männliche See wie im Wort Bodensee oder die weibliche See im Sinne von Meer? Mit anderen Worten: Meint Seesucht – um bei unseren Beispielen zu bleiben – eine Bodenseesucht oder eine Nordseesucht? Marinus ließ diese Frage offen. Entscheidend dürfte der jeweilige lokale Aspekt sein. Er wollte nicht so weit gehen, zur Bezeichnung einer Bodenseesucht ein neues Wort Meersucht zu schöpfen, sondern es lieber bei der verständlicheren Seesucht belassen. Alles wäre nur noch verwirrender geworden.

A propos verwirrend: das war wieder einmal typisch Marinus. Ihr selbst erzählte er nie etwas über sich, und dann kam so eine Mail, das sie in der dritten Person in die Geschichte seiner Familie einführte und ihr zeigte, wieviele Gedanken er sich über ihre gemeinsamen Aktivitäten auf dem Wasser machte. Und von dem Roman »Die Lustschiffer« hatte er ihr auch noch nie erzählt, nur von »Cozfred und Regenhelm«.

Die nächste Fahrt machte Anna Katharina wieder allein. Sturmwarnung, hohe Wellen – ein vielversprechender Anfang. Im Radio war Windstärke 6 durchgegeben worden. Die »Karlsruhe« war fast leer, in Lindau wechselte sie auf die »Zürich«, die verspätet in den Hafen einlief. Während des Wartens im Hafen warf sie einen Blick in das Café Marmorsaal, das nach der Renovierung vor kurzem neu eröffnet worden war. Es war ganz im Stil der Jahrhundertwende gestaltet. Seitlich hing eine Reproduktion der Mona Lisa, über einem alten Klavier in Braun. Den Mittelpunkt hinter der Bar bildete ein neugotischer Schnitzaltar in Hellgrau. Dort, wo sonst der Tabernakel war, stand ein silberner Sektkühler mit einer Flasche Champagner. Links und rechts flackerten Flammen in flachen Silberschalen. Anna Katharina bestellte einen heißen Tee, sie hatte vom See aus gesehen, wie weit entfernt die »Zürich« noch war, und fragte die Kellnerin, ob der Altar wirklich ein Altar sei.

»Der ist schon über hundert Jahre alt. Es ist wirklich ein Altar, der Chef hat ihn irgendwo in der Nähe von Wien entdeckt.«

Neben ihr an der Bar lehnte ein Zöllner, der einen Espresso bestellt hatte.

»Wenig Zeit«, hatte er gesagt, »ich muß die Passagiere der ›Zürich‹ kontrollieren.«

Anna Katharina fragte ihn, wie denn so die Dinge liefen.

»Heute war überhaupt nichts los, man merkt, daß die Saison vorbei ist. In Baden-Württemberg und Bayern hat die Schule wieder angefangen. Es wird aber auch Zeit, daß es ruhiger wird.«

»Können Sie nie frei nehmen, im Sommer?«

»Höchstens einen Tag, mehr nicht.«

»Erwischen Sie manchmal Schmuggler?«

Der Zöllner wirkte so vertrauensselig, der schöpfte sicher keinen Verdacht, wenn Anna Katharina ihn das fragte.

»Ach was, wir kontrollieren nur die Personalien von verdächtig aussehenden Ausländern. Illegale Einwanderer, das ist alles, was uns interessiert. Da, schauen Sie, da geht der Leuchtturmwächter vorbei, der macht auch schon Feierabend. Früher ist er Schiffleanbinder gewesen, aber jetzt, nach drei Herzinfarkten, nur mehr Leuchtturmwächter.«

Von draußen hörte man das Tuten eines Schiffes, Anna Katharina verbrannte sich fast den Mund am Tee, der noch immer viel zu heiß war. Der Zöllner und sie waren die einzigen, die sich an Landestelle 2 für die »Zürich« anstellten. Es stiegen fünf Leute aus, der Zöllner kontrollierte die Ausweise. Auf dem Schiff waren ebenfalls fast keine Passagiere. Die »Karlsruhe« war bereits abgefahren, vermutlich würde sie sonst zuviel Verspätung bekommen. Draußen, außerhalb des Hafenbeckens, gondelte die »Stuttgart« vorbei, die ihren Giebelapfel auf den schaukelnden Wellen sicher nach Bregenz zu bringen versuchte. Vorne, am Bug der »Zürich«, auf dem ersten Deck, an Anna Katharinas Lieblingsplatz, kein Mensch. Der Wind pfiff sogar, aber zum Glück regnete es heute nicht. Obwohl die »Karlsruhe« über Bad Schachen fuhr, hatte sie einen solchen Vorsprung, daß Anna Katharina in Wasserburg Halt machen mußte. Die »Karlsruhe« war bereits abgedampft, Richtung Nonnenhorn. An der Landestelle niemand außer dem alten Goethe. Sie spazierte wieder einmal zum Friedhof und stattete dem Grab des Bodenseekapitäns an der Mauer zum See einen Besuch ab. Von 1900 bis 1932 war er als Kapitän in Dienst gewesen, gelebt hatte er noch länger. Seine Frau hieß Frida und lag im selben Grab. Das erinnerte Anna Katharina an einen anonymen Artikel, den sie im Zuge ihrer Forschungen als Privatgelehrte vor kurzem in einem Antiquariat gefunden hatte. Dort hieß es:

Man sollte sich eigentlich doch schon bei Lebzeiten etwas umtun, wo man später ausruhen will. Da lobe ich mir den Bauern, der vielfach seine Grabstatt als Aussteuer in die Ehe mitbringt. Es gibt Friedhöfe, in denen man liegen und solche, in denen man sich auch nicht tot aufhalten möchte. Zu diesen gehören die Sargregale in Fiume, in denen jeder seine Schublade hat wie in einem Kramladen die Erbsen, Linsen, Weinbeerlein usw. usw., oder die Sandwüste von einem Friedhof im Dorf Tirol, die keine Grabpflanzen kennt. Am Wasserburger Friedhof ist nicht viel auszusetzen. Die Aussicht kann man ja nicht mehr genießen, wenn man in ihm ruht; das ist wahr. Die modernen Grabsteine wollen zwar schön sein, aber sie passen doch nicht zu dem Stück Geschichte rings umher. Die Toten stoßen sich mit dem Ellenbogen an und bekommen nasse Füße. Und doch! Wenn man mit Bewußtsein tot sein könnte, hier möchte ich liegen und immer hinunterhören in mein letztes, stilles Kämmerlein: ›Ach, wie schön ist dieser Bodensee!‹ Und dann in meine Knochen hineinmurmeln: Etsch! Ich liege hier! Dich schieben sie in einen Ofen oder stecken dich in irgendeiner großen Stadt in eine unterirdische Volksversammlung, in der sie noch unter dem grünen Rasen politisieren, reden wollen und den Nachbarn noch beneiden, weil sie ihn I. Klasse begraben haben.

Und meine Frau müßte auch bei mir liegen, und wir wollten uns die knöcherigen Hände drücken und festhalten und selbander schlummern und warten, was kommt; – und ob es so schön wird wie die Tage einer jungen Liebe am See oder die Stunden gemeinsam gewonnener Reife, zu denen auch das Seeland seinen Segen gab.

Dann spazierte sie wieder zum alten Goethe und verwickelte ihn in eine Unterhaltung. Er war der einzige, der die Landebrücke mit einem Seil festband; ihm erschien das sicherer so, obwohl es keine Vorschrift war. In der Nacht kettete er sie an. Es war schon vorgekommen, daß betrunkene Jugendliche eine Brücke einfach in den See geworfen hatten.

»Und Sie machen wirklich immer jeden Tag Dienst«, meinte Anna Katharina bewundernd, »das ist so beruhigend.«

Auch der alte Goethe war müde, jetzt, am Ende der Saison, und freute sich schon auf die Zeit, wenn er nichts mehr tun mußte.

»Gestern hatten wir Windstärke 8. Gegen abend, ungefähr eine halbe Stunde lang, da war da unten, da wo jetzt die Sonne scheint, eine schwarze Wolkenwand. Und dann kam ein Orkan, die Wellen sind bis über mein Häuschen rübergeschwappt.«

In der Ferne näherte sich die »Vorarlberg«. Der See sah aus, als ob er von unten beleuchtet wäre. Schwarze Wolken, ein Lichtbrunnen am Himmel, schräge Wellenlinien als Akkerfurchen über das Wasser. Lautlos glitt das Schiff heran, die Motoren wurden immer schon vor dem Anlegen gedrosselt, die Glühbirnenbeleuchtung war bereits eingeschaltet, ein Film von Fellini war eine blasse Wochenschau gegen diese Szene. Und wieder wurde sie Zeugin eines unnachahmlichen Landemanövers, fast ohne Geräusch. Nur ein ganz sanftes Anremmen an die Landepflöcke und ein leises Entlanggleiten an den Pfählen. Als der alte Goethe die Stahlseile wieder an Bord zurückgeworfen hatte, winkte Anna Katharina ihm zu. Die immer wieder an unvermuteten Stellen durchbrechende Sonne in dem dunkelgrauen Himmel versetzte meist völlig unbeachtete Uferstriche in eine geradezu bengalische Beleuchtung, zum Beispiel den Uferstreifen zwischen Lochau und Lindau, wo nun wirklich nichts zu sehen war außer einem Fabrikskamin und der hellblau gestrichenen und gewundenen Erlebnisrutschbahn eines Strandbades. Bei der Rückfahrt nach Bregenz vermißte Anna Katharina eigentlich nur einen Regenbogen. Das hätte der Landschaft die Krone aufgesetzt. Im Inneren der »Vorarlberg«, sie war die einzige, die sich im Freien aufhielt, entdeckte sie an einem Tisch eine Gruppe Jaßkartenspieler. Auf dem obersten Deck, in den dunkelroten Skaipolstern, hatte sich eine Gruppe von Damen, die wie Sekretärinnen aussahen, um einen schick frisierten Herrn mit blonder Bürstenfrisur herumgekuschelt. Vermutlich ein Betriebsausflug, dachte Anna Katharina, und widmete sich weiterhin der Betrachtung der Landschaft.

Der 11. September

Anna Katharinas nächste Schiffsreise fand in aufgewühlter Stimmung, aber bei ruhigem Gewässer statt. Am Dienstag waren die zwei Türme des *World Trade Center* zusammengefallen und das Pentagon beschädigt worden. Die Welt stand unter Schock, jedenfalls die zivilisierte, so lautete die offizielle Version. Anna Katharina war an diesem Tag in Zürich gewesen, hatte ahnungslos eine Ausstellung über Jean Paul angesehen und war dann zur Eröffnung einer Ausstellung über Robert Walser in die Zentralbibliothek gepilgert. Schon als sie durch das Gebäude des Germanischen Seminars in der Schönberggasse ging, wo sie etwas zu erledigen hatte, kamen ihr die Leute komisch vor. Sie standen in Grüppchen herum, tuschelten und musterten sie kritisch. Die Eröffnungsredner bei der Robert-Walser-Ausstellung verwiesen alle auf tragische Ereignisse in Amerika, die Ausstellung würde aber trotzdem eröffnet werden. Einer der Redner sagte sogar, daß dies dem Dichter, dem die Ausstellung gewidmet sei, also Robert Walser, vollkommen gleichgültig gewesen wäre. Als der offizielle Teil endlich vorbei war, konnte sie sich erkundigen und wurde von einem weißhaarigen, älteren Herrn darüber aufgeklärt, daß Attentate mit Flugzeugen auf das WTC und das Pentagon verübt worden seien.

Das mit dem WTC erstaunte sie nicht einmal besonders, da hatte sie sich eher gewundert, wieso nicht schon längst so etwas passiert war, aber daß die Amerikaner ihr Pentagon, das Verteidigungsministerium, oder wie man in früheren Zeiten sagte: Kriegsministerium, nicht besser bewachten, das erschütterte sie schon. Gegen 11 Uhr nachts war sie dann zu Hause, schaltete den Fernseher ein und sah die Bilder, wie zuerst ein Flugzeug in einen Tower krachte und dann das zweite. Präzisionsarbeit. Und dann die Feuerwolken und Staubexplosionen. Sie selbst war schon oben gestanden, auf dem *World Trade Center*. Und das war jetzt alles zusammengefallen. Und wer es war, wußte man auch nicht. Bush redete aber gleich von Krieg und Vergeltung und Rache und von einem finalen Kampf des Guten gegen das

Böse. Obwohl sie auch davon überzeugt war, daß man den Terrorismus bekämpfen müsse – das mit dem Gut und dem Böse stimmte so sicher nicht.

Drei Tage später ging sie schon um 14 Uhr 35 aufs Schiff. Es war die »München«. Marinus war nicht da, sie brauchte die Beruhigung, die von den Schaukelwellen des Sees ausging. Sie hoffte, das Reden der Leute würde sie ablenken, aber es waren fast keine Leute auf dem Schiff, und die, die da waren, unterhielten sich nicht über das Attentat. Beim Ablegen vom Landeplatz 2 hörte man eine Stimme aus der Kapitänskajüte:»Freie Fahrt bis Afghanistan«. Am Molo stand ein Fischer mit einer Bierflasche, dem der Kapitän zurief:
»Sauf nit soviel, sonscht fangsch nix!«

Am Lindauer Leuchtturm hing ein Leintuch mit der Aufschrift:»Nie wieder Krieg!« Reiher waren natürlich keine zu sehen. Aber der alte Goethe war zuverlässig zur Stelle und verströmte das Gefühl der Sicherheit durchs Gewohnte. In Nonnenhorn band der Ostseematrose das Schiff fest. Sie spazierte in den Ort: im Café Lanz heute kein Malagaeis. Dafür hätte es Brombeer gegeben, aber Brombeer reizte sie nicht. Das Rückschiff war die »Stuttgart«. Sie warf einen Blick in den »Südkurier«, aber der berichtete ganz seriös über das Weltereignis.

Die »Vorarlberger Nachrichten« waren am Tag nach der Katastrophe mit einer Titelseite erschienen, auf der überhaupt nur das Photo des brennenden *World Trade Center* zu sehen gewesen war, sonst nichts. Es sah aus wie eine Extraausgabe zum Weltuntergang. In der heutigen Zeitung dann der Versuch, den Bewohnern von Vorarlberg ein Gefühl der Geborgenheit zu vermitteln, indem durch Umfragen festgestellt wurde, wie Vorarlberger das Geschehen erlebten. Die Zeitungsseiten trugen oben farbig einen Kasten:»Der Tag danach«. Eine Fragestellung lautete:»Wie sind ihre US-Geschäfte betroffen, wann kehrt Normalität zurück?«, die Befragten waren prominente Firmenchefs. Die Antworten schwankten zwischen»Ohne zu wissen, welche wirtschaftlichen Nervenzentren verletzt wurden, bin ich vom Ehrgeiz der Amerikaner überzeugt, die Dinge so rasch wie möglich wieder rund laufen zu lassen. Unsere Firma ist nicht direkt betroffen, unsere Büros sind alle weit weg von der Ostküste. Wir sehen keine Geschäfte direkt einbrechen.« über die Vermutung, daß die Paßkontrollen verstärkt würden, bis zur Aussage eines Strumpffabrikanten: »Unsere drei New Yorker Boutiquen und die dortigen sechs Partner-Stores bleiben auf unbekannte Zeit geschlossen. Die Leute haben jetzt auch andere Sorgen. Prognosen über eine Rückkehr zur Normalität sind heute nicht möglich.«

Auch sechs Vertreter der Normalbevölkerung wurden interviewt zum Thema: »Terror pur in den USA – was meinen Sie haben diese Angriffe für Auswirkungen?« Eine rothaarige Dame aus Feldkirch mit Pferdeschwanz meinte: »Der Angriff war purer Wahnsinn, als die Flugzeuge in das *World Trade Center* krachten. Die ganze Welt ist nach diesen schrecklichen Bildern natürlich schockiert und betroffen. Wenn die USA unüberlegt reagieren würden, könnte ein weiterer Weltkrieg die Folge sein.« Ein grauhaariger Herr aus Hohenems, Schnurrbartträger, verlautete: »Die USA werden sich gegen diesen furchtbaren Anschlag wehren. Österreich betreffen diese Anschläge nicht – diese Gewalttaten waren gezielt auf Amerika gerichtet. Was wir spüren werden, sind die Auswirkungen auf die Aktienmärkte, die reagieren meist sehr sensibel.« Und ein junges Mädchen, ebenfalls rothaarig, aus Frastanz zog den Schluß: »Leider gibt es sehr viele Tote und Verletzte. George Bush sollte Ruhe bewahren und abwarten. Falls es einmal zu einem Krieg kommen sollte, ist die geographische Lage Österreichs ungünstig. Immerhin liegen wir genau in der Mitte zwischen Amerika und dem Nahen Osten.« So dachte der Querschnitt durch die Vorarlberger Bevölkerung, und jeder Leser der Zeitung konnte ein Gefühl des Vertrauens in die Welt zurückgewinnen, indem er sich mit diesem Querschnitt identifizierte. In einem eingerahmten Kasten mit zwei Fotos hieß es dann noch: »Ländle-Promis im Inferno«. Die Ländle-Promis, die sich zur Zeit des Anschlags in New York aufgehalten hatten, waren ein Musiker und Komponist sowie eine Leiterin von vorarlbergweiten Literaturnachmittagen. Beiden gehe es den Umständen entsprechend gut, vermeldete die Zeitung. Als Anna Katharina schließlich wieder in Bregenz einlief – in Lindau war sie auf die »Vorarlberg« umgestiegen, das Leintuch am Leuchtturm mit der Aufschrift »Nie wieder Krieg!« war wieder verschwunden –, sagte die Lautsprecherstimme, wie immer: »Wir erreichen jetzt die Landeshaupt- und Festspielstadt Bregenz. Wir wünschen Ihnen noch einen schönen Abend bzw. eine gute und vor allem unfallfreie Heimfahrt.« Die Glühbirnen der »Vorarlberg« spiegelten sich im Hafenwasser wie ein Zottelpelz aus Leuchtfransen, der unter dem Schiff hing.

Bald darauf verreiste Anna Katharina kurz nach Wien. Als sie dort im Hotel beim Frühstück die Zeitung aufschlug, sprang ihr eine Schlagzeile ins Gesicht: »Attentat in Zug«. Unten an der Seite war ein großes Foto zweier entgleister und ineinanderverkeilter Züge. Sie mußte erst genau lesen, um dahinter zukommen, daß es sich bei »Attentat in Zug« um einen Amokläufer handelte, der im Parlament des Schweizer Kantons Zug in der gleichnamigen Hauptstadt Zug, in der 5000 Millionäre ansäßig waren, 14 Kantonsräte und sich selbst erschossen und damit das Parlament funktionsunfähig gemacht hatte. Das Bild darunter bezog sich auf ein Zugunglück bei Enzisweiler nahe Lindau. Hoffentlich war Marinus nicht im Zug gewesen! Als Anna Katharina zurückkam, hatte ihr Marinus zum Glück eine Mail geschickt:

Marinus hatte am 25. September in Konstanz zu tun. Er fuhr ohne die übliche Begleitung, da Anna Katharina in Wien weilte. Die – leider nur sehr kurze – Strecke von Kreuzlingen nach Konstanz legte er mit dem Motorschiff »Schaffhausen« zurück. In ihrer Kolonie am Kreuzlinger Hafen standen 36 abgezählte Reiher und starrten regungslos vor sich hin.

Zum Mittagessen begab er sich zu dem berühmten Stromeyer am Rheinufer, der wegen seines sagenhaften Buffets zum Spottpreis von DM 13,80 in aller Munde war. Ganz Konstanz schien dort versammelt, hauptsächlich Studenten, Arbeiter und Handwerker, die es sich munden ließen. Fast unglaublich, was da zur Auswahl angeboten wurde: Suppen, Braten, Würste, Buletten, Klopse, Hühnerfleisch, diverse Fische, Spaghetti, Nudeln, Bratkartoffeln, Reis, Weißbrot, Kartoffelsalat, andere Salate mit den köstlichsten Saucen, Pilze usw.

Dann ein eigenes Nachtischbuffet mit Torten, Obstsalat, Cremes u. dgl. Es war kaum möglich, von allem etwas zu nehmen. Marinus wählte als Hauptgericht ein Haifischsteak mit Salaten und Reis, griff aber auch noch sonst tüchtig zu und nahm sich vor, diesen Futterplatz wie ein Storch im Gedächtnis zu behalten und immer wieder hierher zurückzukommen. Schade nur, daß er meistens am Samstag in Konstanz war, das Buffet aber nur wochentags angeboten wurde.

Auf der Heimreise mit der »Austria« über die Insel Mainau« schlug er wieder die Zeit tot, indem er nach der Abfahrt von Meersburg die aussteigenden Passagiere abzählte. Auch andere Passagiere trieben dieses Spielchen, wie immer sie es auch nennen mochten. Er nannte das – etwas respektlos gegenüber seinen Mitmenschen – »Ratten zählen«, so wie im Sprichwort die Ratten das sinkende Schiff verließen. Das war keineswegs böse gemeint, denn am Ende der Reise zählte er sich selbst auch immer als die letzte Ratte mit. Im übrigen empfand er die Ratten als sehr sympathische Tierchen, solange sie nicht an seine Margarine gingen. Am Ende der Reise stand eine Statistik, die in Hagnau 75 Ratten, in Immenstaad 48, in Friedrichshafen 78, in Langenargen 45, in Kressbronn 10, in Nonnenhorn ebenfalls 10, in Wasserburg 25 und in Schachen – ihn selbst inbegriffen – 5 Ratten auswies. Die Reiherstatistik blieb hingegen im Gegensatz zu Kreuzlingen höchst mager: Nur die beiden Seezeichen 43 und 60 konnte er mit dem Vermerk »MR« versehen; das hatte doch zu Beginn der Saison ganz anders ausgesehen.

An einem der folgenden Samstage hatte Marinus wieder in Konstanz zu tun. Da Anna Katharina, diesmal auf Urlaub im Wallis, wiederum durch Abwesenheit glänzte, verabredete er sich mit Hedy Visser, wie er sie in seinen Gedanken stets nannte, obwohl er natürlich wußte, daß sie eigentlich Fischer hieß. Visser ging ihm besser von der gedanklichen Zunge. Hedy gab samstags am Lehrerseminar in Kreuzlingen einen Kurs, so daß sie ohnehin den gleichen Weg hatte. Es war ausgemacht, daß Marinus sie in ihrem Schloß in Horn abholen würde.

In aller Frühe verließ Marinus ohne Frühstück das Hotel Schachen, um sich zu Fuß nach Lindau zu begeben. Gewöhnlich fuhr er mit dem Zug vom nahe gelegenen Enziswiler nach Lindau, seit dem Zugunglück vom vergangenen Donnerstag verspürte er jedoch *eine innere Abneigung gegen die Benützung der Bahnstrecke von Enzisweiler nach Lindau. Ein Lokomotivführer hatte ein Haltesignal übersehen, so daß es zu einer Kollision zweier vollbesetzter Regionalzüge gekommen war; es gab 82 Verletzte. Marinus hatte das Unglück hautnah miterlebt, als gegen ¹/₂ 8 Uhr die Sirenen aufheulten und die Einsatzfahrzeuge und Hubschrauber lärmten. Hunderte Feuerwehrleute, Notärzte, Sanitäter und Polizisten aus Bayern, Baden-Württemberg, Vorarlberg (Hard) und aus der Schweiz hatten den Bahnhof in Enzisweiler in ein Katastrophenlager verwandelt. Es war eine perfekte Organisation der Rettungskräfte, die beeindruckend war.*

Marinus mußte daran denken, daß die Bodenseekapitäne meist Lokführer waren. Gut, daß es auf dem Bodensee keine Haltesignale gab. Zutiefst bedauerte er den unglücklichen Lokführer, der durch eine kleine Unaufmerksamkeit diese Katastrophe ausgelöst hatte. Er war aber erleichtert und froh darüber, daß dem freundlichen Bahnhofsvorstand von Enzisweiler kein Vorwurf zu machen war; denn er hatte öfters mal mit ihm ein Wort gewechselt, wenn er auf dem gefällig renovierten Bahnhof auf seinen Zug nach Lindau gewartet hatte.

Marinus erreichte nach einem strammen Marsch den Zug, der um 6.49 Uhr ab Lindau ging. Er stieg in St. Margrethen, wo sich wieder einmal weit und breit kein Zöllner sehen ließ, in den Rheintalexpress um, den sogenannten »REX«, wechselte in Rorschach noch einmal den Zug und kam um 8 Uhr pünktlich in Horn an. Angesichts des häufigen Umsteigens auf einer relativ kurzen Strecke kamen ihm die Väter der Bodenseegürtelbahn überaus weise vor; sie waren aber inzwischen längst alle verstorben, ohne daß ihr Projekt je umgesetzt worden wäre.

Langsamen Schritts machte sich Marinus auf den Weg zum Schloß Horn. Ob das Schloß immer noch den Fürsten von Hessen-Kassel gehörte? Er nahm sich vor, Hedy darüber zu befragen. Auch machte er sich Gedanken, ob er die Glocke läuten oder den goldenen Türklopfer benützen sollte; er entschied sich für das Läuten, denn die Benützung des Türklopfers mochte vielleicht ein Adelsprivileg sein. Hedy erschien sofort in der Tür und schlug vor, gleich loszufahren, doch Marinus fragte sie, ob sie schon gefrühstückt habe. Als sie verneinte, lud er sie zu einem Frühstück ins Hotel Metropol in Arbon ein.

Nachdem sie das Auto auf dem Hotel-Parkplatz abgestellt hatten, machten sie zuerst noch einen kleinen Abstecher zum Seeufer. Dort warteten viele hundert Vögel, Möwen, Enten, Schwäne, Blesshühner, Haubentaucher und Kormorane darauf, von Spaziergängern gefüttert zu werden. Hedy führte Marinus zu einer Inschrift auf der Kaimauer, die sie gemeinsam lasen:

»Die ganze Schöpfung wartet darauf, daß wir Menschen werden;
– Menschen, die nimmer sich üben,
Erde, Luft und Wasser mit allerlei Giften zu trüben;
– die nimmer bereiten unsern Tieren
Verfolgung, Gefangenschaft, Marter und Tod;
– die nimmer begehren,
sie zu verzehren, als wär's unser tägliches Brot;
– die nimmer sich üben, zu zielen
auf des Nächsten Herz,
mit den Geschoßen aus Erz;
– die immer sich üben, die Mächte des Bösen
mit der Kraft der Liebe für immer zu lösen.«

Zu seiner großen Überraschung bemerkte Marinus, er kenne diese Inschrift sehr wohl, denn sie war im Bereich des Kreuzlinger Hafens auf einer Kaimauer in derselben Form zu finden. Da es keinen Hinweis auf einen Autor oder eine Jahreszahl gab, rätselten beide daran herum, wie sie diese Inschrift einordnen sollten. Beide fanden die Botschaft zeitlos, sie könnte schon im Alten Testament stehen, einigten sich dann aber auf das 20. Jahrhundert.

»1920«, meinte Hedy.

»1980«, entgegnete Marinus, der an die »Grünen« dachte. Hedy zweifelte:

»Ich weiß nicht, ob man sich noch in den 80er Jahren so sehr um einen Reim bemüht hätte.«

»Du hast vielleicht recht«, gab Marinus zu, »Geschoße aus Erz erinnern eher an den Ersten Weltkrieg.« Sie beschlossen, der Sache weiter auf den Grund zu gehen.

In dem festen Vorsatz, den Fleischkonsum zu reduzieren, strebten sie auf das Hotel Metropol zu und machten es sich unter Palmen am Frühstücksbuffet bequem. Ihre guten Vorsätze waren bald vergessen.

Konnte man beim Frühstücksei noch darüber rechten, ob man dabei ein Tier verzehrte, so ließen die Wurst- und Fleischplatten keine Zweifel mehr zu. Sie zögerten keinen Augenblick mehr, sich ein deftiges Frühstück einzuverleiben. Für Marinus blieb selbst die pflanzliche Margarine nur Broterwerb, denn als Brotaufstrich zog er tierische Butter vor. Er vermißte lediglich die Schokoflocken, die Muisjes und den Anishagel, mit denen er gewöhnlich ein Frühstück in Holland abzurunden pflegte.

In Kreuzlingen stellte Hedy ihren Wagen auf einem großen Parkplatz (für die ersten 30 Minuten gratis, aber trotzdem mit Ticket) ab. Marinus führte ihr die Inschrift auf der Kaimauer vor, wo sie sich noch einmal – jeder für sich im Stillen – gelobten, weniger tierische Nahrung zu sich zu nehmen, wurde doch auch das tägliche Brot heutzutage in einer beachtlichen Sortenfülle angeboten. Dann schlenderten sie zu einem Reiherdenkmal, über das sich Hedy einigermaßen überrascht zeigte.

»Wieso setzt man hier einem Marabu ein Denkmal?«

Marinus erläuterte ihr geduldig den Unterschied zwischen einem Marabu und einem Reiher.

»Die sehen sich zwar ähnlich, haben auch ähnliche Eßgewohnheiten; aber ›marabu‹ heißt auf Arabisch der ›Einsiedler‹; die Reiher aber lieben die Gesellschaft, wenigstens die Kreuzlinger Reiher. Sie leben hier in einer großen Kolonie.«

Da weit und breit kein Reiher zu sehen war, meinte Marinus:

»Fahr doch kurz mit nach Konstanz, dann kann ich dir die Reiherkolonie vorführen.«

Gerne willigte Hedy in diesen Vorschlag ein; es würde wohl kaum jemand Anstoß daran nehmen, wenn sie auf dem völlig leeren Parkplatz ihre Zeit für einige Minuten überziehen würde; denn die Überfahrt dauerte nur fünf Minuten. Über das Reiherdenkmal kamen sie in eine eifrige Diskussion; es stellte sich als das Werk des NN… heraus (Nachforschungen zu machen!!).

Sie bestiegen die »Thurgau«. Marinus machte seinem Ärger darüber Luft, daß drei Schiffe mit dem Namen »Thurgau« den Bodensee befuhren. Die »Thurgau« der Schweizerischen Bodensee-Schiffahrtgesellschaft AG in Romanshorn, die »Thurgau« der Schweizerischen Schiffahrtsgesellschaft Untersee und Rhein in Schaffhausen und das

Fährschiff »Thurgau« der Stadtwerke in Konstanz. Es mochte ja schon sein, daß man die Schiffe von ihrem Aussehen her und an Hand der Bugflaggen leicht auseinanderhalten konnte – aber trotzdem.

»Ich habe ja nichts gegen den Thurgau«, stellte Marinus fest, »aber besonders einfallsreich ist es nicht, wenn man drei Schiffen denselben Namen gibt.«

Hedy fand das auch und schlug spontan vor: »Warum eigentlich nicht ein MS ›Horn‹?« Begeistert stimmte ihr Marinus zu, obwohl er ein MS »Hoorn« vorgezogen hätte.

Der Hafen von Kreuzlingen lag im dichten Nebel, man konnte nicht einmal die Hafenausfahrt sehen, sonst hätte man längst einen Reiher sichten müssen. Doch sobald sie den Hafen verließen, konnte Marinus seiner Begleiterin die Vögel vorführen. Marinus tat so, als wären es seine Reiher. Sie zählten gemeinsam 42 an der Zahl. An Bord begannen zwei ältere Frauen, die Möwen mit altem Brot zu füttern. Hunderte von Möwen flogen auf und störten die Reiher in ihrer behäbigen Ruhe. Einzelne Reiher flogen kurz auf und drehten eine kleine Runde, kehrten aber sogleich wieder an ihren Standplatz zurück. Kein Reiher flog den Möwen nach, die interessierten sich nicht für das Brot, denn ihr tägliches Brot bestand aus lebenden Fischen. Damit aber schien die Inschrift aus Arbon und Kreuzlingen wieder einigermaßen relativiert zu werden. Wenn nämlich der Schöpfungsplan den Verzehr von Tieren vorsah, warum sollte dann der Mensch auf den Tierkonsum verzichten müssen?

Hedy zeigte sich tief beeindruckt von der Thurgauer Reiherkolonie, die kaum irgendwo ihresgleichen hatte.

»Schwäne«, dozierte Marinus, »leben am Bodensee erst seit 1927. Aber Reiher gab es schon immer. Es gibt einen Stahlstich von R. Höfle und G. M. Kurz aus dem Jahr 1850, der zeigt Konstanz von der Rosenau aus mit zwei Reihern am Ufer. Genealogisch direkte Vorfahren der Kreuzlinger Reiher, möchte man meinen.«

In Konstanz trennten sich Hedy und Marinus, der es jetzt eilig hatte, an die Bushaltestelle Konzilstraße zu kommen. Doch heute hatte er Pech: Die Schranken waren geschlossen. Aber nicht nur das. Der Zug aus Offenburg fuhr mit aufreizender Langsamkeit – fast möchte man von Lüneburger Langsamkeit sprechen – in den Bahnhof ein. Auch nachdem er auf Gleis 1 zum Stillstand gekommen war, tat

139

sich nichts. Kostbare Minuten verstrichen, eine Rangierlok fuhr hin und fuhr wieder zurück, erst jetzt öffneten sich die Schranken. Und als Marinus im Laufschritt bei der Erinnerungstafel an Ulrich Zasius ankam, sah er auch schon den Bus auf die Haltestelle zurasen. Da dort niemand stand, fuhr der Bus sogleich weiter; doch sah der Fahrer im letzten Augenblick den rennenden Marinus, hielt an, öffnete die hintere Tür und ließ ihn noch aufspringen.

In der Universitätsbibliothek widmete sich Marinus der Abteilung Zollrecht. Er fand einen alten Schmöker aus dem Jahr 1905, »Das neue deutsche Zolltarifrecht« von einem gewissen Erich Trautvetter. Im Stichwortverzeichnis suchte er nach »Weißwurst«, fand aber nur »Weißkohl«. Immerhin konnte er sich unter dem Stichwort »Würste« kundig machen, daß deren Einfuhr zu Wilhelms und Wilhelminas Zeiten nach § 12 des Gesetzes vom 3. Juni 1900 generell verboten war. Ob dieses Gesetz wohl heute noch galt? Immerhin war ja doch vom »neuen« Zolltarifrecht die Rede. Auch das Bürgerliche Gesetzbuch von 1900 war heute noch in Kraft. Der Dichter faßte wohl nur eine alte Lebensweisheit in Worte, als er schrieb: »Es erben sich Gesetz' und Rechte Wie eine ew'ge Krankheit fort, Sie schleppen von Geschlecht sich zu Geschlechte Und rücken sacht von Ort zu Ort. Vernunft wird Unsinn; Wohltat Plage; Weh dir, daß du ein Enkel bist!« Neuere Sammlungen von Gesetzen, Kommentaren und Entscheidungen, etwa das »Zollrecht, Recht des grenzüberschreitenden Warenverkehrs« von Ministerialdirigent a.D. Dr. Eberhard Dorsch, kurz »der Dorsch« genannt, ließen Marinus mit seinen Weißwürsten im Regen stehen; zumindest im Stichwortverzeichnis stieß er lediglich auf ein »Weißbuch«. Auch die 12 Bände Zollrecht von Schwarz/ Wockenfoth verhalfen ihm nicht auf die Sprünge.

Als er mit dem Bus zum Hafen zurückfuhr, zog gerade die schnelle »Arenenberg« beim Stromeyer vorbei. Marinus dachte an das Buffet, da es jedoch am Samstag nicht auf dem Speiseplan stand, blieb er fest bei seinem Gelöbnis, kein Fleisch zu essen. Um 14.45 schiffte er sich auf der »Austria« nach Meersburg ein, wechselte dort auf die »Konstanz« und nahm Kurs auf Bad Schachen. Da er kaum damit rechnen konnte, einen bemerkenswerten Beitrag zur Reiherstatistik zu liefern, widmete er sich ab Hagnau wieder dem Rattenzählen. In Hagnau verließen 39 Ratten das Schiff, in Immenstaad 44, in Fried-

richshafen 187 und 2 Hunde, in Langenargen 59, in Nonnenhorn 5, in Wasserburg 32 und in Bad Schachen 9, ihn selbst eingerechnet. Daß in Kressbronn gar niemand ausstieg, löste erstaunte Ausrufe des Hafenmeisters aus:

»Kommt denn wirklich gar niemand?« und »Das gibt es doch nicht!«

Eine kleine Abwechslung brachten die Schiffe, denen die »Konstanz« begegnete: »Schwaben«, »München«, »Zürich« und »Mainau«. Im Meersburger Hafen lag die mit Wimpeln geschmückte »Elisa« vor Anker, deren Heck mit einer großen österreichischen Fahne versehen war. Zugleich mit der »Konstanz« legte die »Überlingen«, kurz danach auch die »Austria« ab.

Der See war heute sehr ruhig, die Sonne hatte anfangs Mühe, sich durch die Wolken und den Nebel durchzukämpfen. Nur für kurze Zeit kam sie hervor. Um so mehr wußte man bei dem kalten Fahrtwind die Wärme zu schätzen. Schließlich setzte sich die Sonne doch durch. Auf den Weinbergen zwischen Meersburg und Hagnau tankten die Trauben die späten Strahlen, was ihnen ebenso gut tut wie dem künftigen Wein, der ein guter Jahrgang zu werden versprach, auch wenn die letzten Wochen ziemlich verregnet gewesen waren. Wie auch immer: Marinus faßte den guten Vorsatz, bei seinem nächsten Urlaub Hedy Visser und Anna Katharina Matt eine gute Flasche Hagnauer zu verehren.

Nach dem Ablegen in Hagnau rätselten die Passagiere über die nächste Station. Eine Mehrheit tippte auf Friedrichshafen; doch plädierte eine einzelne Stimme, wenn auch mit einem gewissen Zögern, für »Immensee«.

Eine Attraktion am Ufer bald nach Kirchberg ist jenes kleine doppelstöckige Bootshaus – ein Schweizer Passagier meinte zu seiner Frau »Jetz kunt dis Hüsli« – : Es ist bedeckt mit einer grünen Kuppel aus Kupfer, die Türen bzw. Fenster sind stets geschlossen. Marinus suchte nach einer würdigen Bezeichnis für dieses Gebäude, das ihm immer wieder aufgefallen war. Er nannte es, vielleicht etwas hoch gegriffen, aber keineswegs ganz unpassend, »Den Taj Mahal des Bodensees«. Hie das Hüsli der Ehefrau des Schweizer Passagiers, dort das indische Grabmal der Mumtaz-Mahal, der Gemahlin des Großmoguls, doch mochte es schon einen Vergleich aushalten, auch wenn die Dimensionen andere waren.

In Immenstaad – es war kurz nach 16 Uhr – teilte der Hafenmeister der Schiffsbesatzung den Spielstand der Bundesligaspiele
mit. Marinus vermißte die Lädine, die sonst meist an der Reede vor
Anker lag. Sie mußte unterwegs sein, doch konnte er sie nirgends in
Sichtweite entdecken. Von Immenstaad ab entfernte sich der Kurs des
Schiffes vom Ufer, die Fahrt wurde eintöniger, um so mehr konnte
man jetzt die wärmende Sonne genießen, die sich endgültig durchgesetzt hatte. Hofen kam in Sicht, das Schiff näherte sich wieder dem
Ufer, das bald den Blick auf Friedrichshafen freigab. Die Ansicht der
Stadt ähnelte nur wenig einer großen Industriestadt, sie erinnerte
eher an das kleinstädtische Buchhorn. Von rechts strebte die »Euregia« in den Hafen, vor dem die Lädine lag, wie immer mit aufge-
zogenem Segel. Ein Feuerwehrboot und ein Wasserwachtboot hatten
an ihr festgemacht; mehrere kleinere Feuerwehrboote kreuzten vor
dem Hafen, ein größeres Feuerwehrboot führte seine Spritzkanone
vor und beeindruckte damit sehr. Im Hafen lag die »St. Gallen«, der
Schlaraffialiner, abfahrbereit in Richtung Romanshorn.

Die Strecke von Friedrichshafen nach Langenargen ist immer
wieder ein Naturerlebnis. Man sieht einen geschlossenen Wald- und
Riedstreifen, aus dem mit stets verändertem Gesicht der Kirchturm
von Eriskirch herausragt, manchmal nur mit seinem Helm, dann
mit seinem oberen Teil, zuletzt erhebt er sich in seiner vollen Größe.
Man kann gut nachvollziehen, daß er einst für die Schiffahrt einen
markanten Punkt bedeutete, dem Turm der Mehrerau mit seinem
goldenen Knauf vergleichbar.

Vorbei am berühmten Fischrestaurant »Schwedi« und am ein-
stigen Gartenhaus von Purrmann näherte sich das Schiff Langen-
argen, jetzt wieder die Nähe des Ufers suchend. Schon vor dem
»Schwedi« rückten endlich wieder mit SZ 42 die Seezeichen ins
Blickfeld. Marinus hoffte, jetzt auch wieder den einen oder anderen
Reiher ins Visier zu bekommen, doch wurde er bitter enttäuscht. Um-
sonst hatte er Hoffnungen auf SZ 43 gesetzt; schließlich blieben alle
Seezeichen bis hin zu SZ 60 und 61 bei Bad Schachen »RF«.

In Langenargen machte der Braunfisch fest, eine Zigarette im
Mund, was ihn besonders souverän aussehen ließ. An der Reede lag
die »Möwe Jonathan«, doch ließ sich die Klabauterfrau nicht sehen.
Der Rest des Weges blieb ohne bemerkenswerte Vorfälle; um gute fünf

Minuten zu früh legte die »Konstanz« in Bad Schachen an. *Marinus schlich sich an einer lärmenden Hochzeitsgesellschaft vorbei in sein Zimmer, wo er sich unter die Dusche stellte, dem Abendessen entgegenfieberte und sich erwartungsvoll auf das verträumte Geklimper in der Pianobar freute. Einige Nummern von Freddy Quinn würden ihn in beste Stimmung bringen und seine Entscheidung erleichtern, den morgigen Tag wiederum auf dem See zu verleben. Denn leider neigte sich eine schöne Saison ihrem bitteren Ende zu, wobei er als besonders positiv vermerkte, daß die Anlegestelle von Bad Schachen nicht einen einzigen Tag wegen des geringen Wasserstandes ausgefallen war, wie es die Fahrpläne vorsichtshalber eingeplant hatten. Nur einen Ausfall hatte es wegen der Unerfahrenheit des Kapitäns der »Baden« gegeben, was aber kein Problem von Bad Schachen gewesen war; denn die »Baden« hatte auch in Wasserburg und in Nonnenhorn nicht landen können.*

»Dieser Schurke«, dachte Anna Katharina. »Kaum bin ich weg, geht er essen, mit dieser Hedy Fischer. Ein typischer Bigamist.« Nach dem Lesen nahm sie jedoch pflichtgemäß ihre Uferbeschreibung zur Hand, ein altes Exemplar aus dem Jahr 1980, das noch von der inzwischen ausgemusterten und zur Verschrottung freigegebenen »Allgäu«, dem einstmals größten Bodenseeschiff, stammte und auf dem Titelblatt mediterrane Palmen und indisches Blumenrohr als Vordergrund für den Blick auf ein Stück See und drei Segelboote zeigte. Unter dem Stichwort »Schwan« las sie:

Nicht mehr wegzudenken sind die erst 1927 am Bodensee angesiedelten Höckerschwäne. Aus der einstmals kleinen Schwanenkolonie sind es inzwischen einige hundert geworden. Vorbildlich ist der Familiensinn eines Schwanenpaares. Jedes Paar bleibt sich das ganze Leben treu. Im Frühling baut der Schwan mit viel Geschick sein Nest. Sechs Wochen sitzt das Weibchen auf ihren 3-6 Eiern. Ist der Nachwuchs ausgeschlüpft, gibt es für das Schwanenpaar nichts Wichtigeres als die Sorge um die Jungen. Während diese noch klein sind, dulden die alten Schwäne keine anderen Artgenossen in der Nähe. Die Schwanenfamilie bleibt bis zum Frühjahr beieinander. Junge Schwäne sind an ihrem braunweiß gescheckten Gefieder zu erkennen. Wenn sich bei den älteren Tieren der Frühjahrstrieb wieder regt, dann jagen sie die Jungen

143

fort. Kranke Schwäne oder solche mit Wachstumsfehlern werden von den übrigen Schwänen getötet oder fortgejagt. Verwundete Schwäne müssen so lange fortbleiben, bis sie wieder gesund sind.

Anna Katharina hatte keine Zeit, lange über Marinus und seine unschwänische Natur nachzudenken, denn sie mußte gleich weiterfahren ins Wallis, wo sie eine Woche Urlaub machen wollte. Eines war jedoch sicher: Die Reiher waren, verglichen mit den Schwänen, ornithologische Ureinwohner am Bodensee, nicht nur, weil Mörike sie schon 1846 besungen hatte:

Über dem See und über dem wilden Geflügel des Ufers,
Kreis'te der Reiher empor, dem Säntisgipfel sich gleichend.

Grenzenlos

Montanus besaß eine Ferienwohnung im Wallis, und die hatte er Anna Katharina für fünf Tage zur Verfügung gestellt. Sie fuhr mit dem Auto und wählte die Strecke über Sargans-Schindellegi-Schwyz-Brunnen. Kurz bevor es auf die Paßhöhe des St. Gotthard ging, bog sie ab und arbeitete sich die Kehren auf den Flüela-Paß hinauf, wo sie ihr Auto in die Bahnverladung stellte. Bis zur Abfahrt des Zuges war noch etwas Zeit, und so trank sie einen Tee in der Bahnhofswirtschaft. Es war kurz nach dem Attentat in Zug, die Bevölkerung war noch geschockt, die Zeitungen voll mit Meldungen über die Toten und den Täter. Nach der Tunnelfahrt ging es endlos lang durchs Oberwallis hinunter, bis sie schließlich in Sierre ankam und von dort steil nach oben, nach Crans-Montana, hinauffuhr. Man sah nicht viel von der Landschaft in der Nacht. Gottseidank fand sie das Haus und die Wohnung ohne Probleme und nistete sich alsbald im Schlafzimmer ein. Am Tage sollte man vom Balkon den Blick auf vier Viertausender haben.

Am nächsten Morgen machte Anna Katharina einen Spaziergang in den Ort. Es herrschte Nebel. Sonst wäre der Anblick der gigantischen dreieckigen Appartementhäuser, die hier überall aus dem Boden geschossen waren, unerträglich gewesen. Doch die Luft war gut. Es herrschte große Stille. Anna Katharina nahm einen Weg am Dorfzentrum vorbei, wo eine Art Bassin und ein Gedenkstein an die neuseeländische Dichterin Katherine Mansfield erinnerten, die hier in den zwanziger Jahren ihre berühmtesten Romane geschrieben hatte. Katherine Mansfield? War das nicht die mit dem boshaften Blick für die Gesellschaft? Sie mußte einmal nachlesen. In dem Wald, Tannen, Lärchen, Kiefern und viele Papiertaschentücher auf dem Boden, für die Schweiz sah es wirklich nicht sehr ordentlich aus, folgte sie dem schmalen Weg, der zuerst nach unten führte. Dann ging es an einem jetzt geschlossenen Hotelkomplex vorbei und auf eine Wiese, die den Beginn eines großen Golfplatzes darstellte. Sie mußte an den Reiher von Nr. 57 denken. 57a, 57b, 57c und 57d. Überall sah sie den Reiher vor sich. Er verwandelte sich in einen Menschen, genauer gesagt, in einen Mann. Es war ein Mann mit langen Haaren und langen Beinen, das eine Bein hatte er schräg angewinkelt. Er sah wirklich aus wie ein Reiher. Am Abend in ihrem Appartement schaltete sie den Fernseher ein. Auf dem Bild sah man den Schweizer Bundespräsidenten, verzweifelt wie ein kleiner Junge, dem man gerade seine Lieblingslokomotive weggenommen hat. Er sah aus, als ob er gleich in Tränen ausbrechen würde. Anna Katharina verstand nur, daß die Swissair zahlungsunfähig sei, daß die Banken nicht einspringen würden und daß die Passagiere in Zürich im Flughafen auf dem Boden übernachten müßten und ihr Geld nicht zurückbekämen. Flugpassagiere, die im Flughafen auf dem Boden übernachten mußten, und das in der Schweiz! In letzter Zeit passierten wirklich erstaunliche Dinge. Vielleicht hatte der Schweizer auf dem Schiff doch recht gehabt, als er den Weltuntergang kommen sah. Falls die Welt wirklich unterging – und sie, als Landsmännin von Johann Nestroy, wußte, daß der Satz »Die Welt steht auf kein Fall mehr lang« schon seit über hundert Jahren stimmte –, wollte sie wenigstens mit Haltung untergehen.

Anna Katharina schaltete den Fernseher wieder aus und ging auf den Balkon. Der Mond war aufgegangen und schien auf die schneebedeckten Gipfel ihr gegenüber. Wenn sie eine Weile so dastand, konnte sie sich den Weltuntergang doch nicht so recht vorstellen. Die Berge hatten etwas Beruhigendes. Zurück im Zimmer machte sie ein Feuer im offenen Kamin und schaltete ihren Laptop ein. Marinus! Marinus hatte sie schon fast vergessen. Der treue Marinus hatte wieder eine e-mail geschickt, unter dem Stichwort »Die Story«:

Marinus Zeeman, Doctor rer. oec., Prokurist bei einem großen niederländischen Margarine-Unternehmen, wird ins Allgäu und ins Appenzell geschickt, um bei der dortigen Milchwirtschaft sich über neueste Entwicklungen und Verfahren kundig zu machen. Man könnte es Industriespionage nennen. Marinus hat aber wenig Erfolg. Es kommt nur zu losen Kontakten, weil er sich mehr seinem Urlaub in Bad Schachen und seiner Schriftstellerei widmet.

Sein neuer, im Entstehen begriffener Roman »Grenzenlos« handelt von der Liebe eines schweizerischen (süchtigen) Zöllners Giando-

menico Bonzanigo und einer polnischen (nicht süchtigen) Tänzerin *Wanda Swarc*, die am Bodensee wohnt und sich mit Heroinschmuggel ein Zubrot verdient. Beide wünschen sich eine künftige Welt ohne jede Grenzen und Grenzkontrollen, die es ihnen ermöglicht, mit ihren Problemen selbst fertig zu werden. Beide treten in einem übersteigerten Liberalismus für die völlige Freiheit des Konsums und Handels von und mit Drogen ein. Um seinem Roman den richtigen Hintergrund zu verschaffen, nimmt *Marinus* umfangreiche Recherchen auf. Er studiert einerseits die Lücken in der Überwachung der EU-Außengrenze auf dem Bodensee, zum andern tritt er bei einem Kurzbesuch in *Willemstadt* auf *Curaçao* in Kontakt mit kolumbianischen Drogenhändlern. Er übernimmt es, zwei größere Sendungen Heroin aus den Antillen über die Schweiz nach Deutschland zu bringen. Während er die erste Sendung unangefochten kleinweise in Weißwürsten per Schiff über den See schmuggelt, entschließt er sich, um den Streß abzukürzen, die zweite Sendung in einem Stück von *Romanshorn* (Versteck im SBB-Lagerhaus) nach *Friedrichshafen* zu bringen. Als das Fährschiff »Romanshorn« die Mitte des Sees erreicht, entsteht ein Tumult, weil ein Fahrgast ein Billett »Romanshorn – Mitte See« gelöst hat, worauf der Kontrolleur in ausfallender Lautstärke eine Nachzahlung verlangt; so nicht, solle der Fahrgast sofort aussteigen. Plötzlich bemerkt *Marinus*, daß gegen jede Gewohnheit die deutschen Zöllner auf der Mitte des Sees mit ihrer Kontrolle begonnen haben. *Marinus* macht sich den Tumult zunutze, entweicht auf die Damen-Toilette und läßt sein wasserdicht verpacktes Heroinpaket durch ein Bullauge ins Wasser gleiten. Aus seiner Sicht besteht kaum eine Hoffnung, das Paket je wiederzufinden. Seine Auftraggeber würden ihn wohl deswegen zur Rechenschaft ziehen. Diese zeigen sich aber nobel, denn sie haben, ohne daß *Marinus* davon eine Ahnung hat, einen Peilsender in das Paket praktiziert und können es so später doch noch an Land ziehen. *Marinus* aber erfährt nie davon. Seine Auftraggeber verrechnen ihm seinen Lohn für die erste Sendung auf den Verlust der zweiten Sendung, so daß ihm das ganze Geschäft unter dem Strich nichts eingebracht hat.

Aber *Marinus* war es ja letztlich auch nicht um das Geld gegangen, sondern darum, aus eigener Erfahrung Einblick in den Heroinschmuggel zu bekommen. Er war zu wertvollen Hinweisen

147

über den Heroinhandel und dessen Methoden gelangt; er überblickte meisterhaft die Schwächen des Überwachungssystems. Er konnte in der Region jene Grenzenlosigkeit Wirklichkeit werden lassen, die sich seine Romanfiguren erträumten. Es gelingt dem Paar, unter Ausnutzung der von Marinus enthüllten Lücken, zu Geld zu kommen, eine erfolgreiche Therapie durchzuführen und in den Hafen der Ehe einzulaufen. Wanda und Giandomenico heiraten nach einer turbulenten Bodenseerundfahrt auf dem »Schlaraffia-Liner St. Gallen«, wo sie sich vor dem Kapitän das Ja-Wort geben. Als Trauzeugen fungieren Anna Katharina Matt und Dr. Marinus Zeeman.

Marinus blieb als Kaufmann und Schmuggler erfolglos. Seine Firma ließ ihn in eine unbedeutende Filiale nach Jinsenbûren strafversetzen. Um so größer aber war sein schriftstellerischer Erfolg. Als sein Buch pünktlich zur Frankfurter Buchmesse erschien, ging es weg wie die warmen Semmeln. Anna Katharina Matt hatte mit einer freundlichen Besprechung im »Südkurier« nachgeholfen, worüber sich Marinus um so mehr wunderte, als sie während der Entstehung des Buches kein gutes Haar an ihm gelassen hatte. Aber das war nun vorbei, jetzt zählte nur mehr der Erfolg. Sogar eine Weiterbildungseinrichtung des Zollamtes in Kreuzlingen hatte Marinus zu einer Lesung eingeladen. Selbst an den Bahnhofskiosken entstand jetzt eine – wenn auch vorerst noch bescheidene – Nachfrage nach »Grenzenlos«. Je ein Trafikant in Romanshorn und in Lindau ließen ein verhaltenes Interesse durchblicken, ein oder zwei Exemplare seines neuen Romans aufs Lager zu nehmen. Und sogar der Südwestfunk hatte angedeutet, einen Fernsehfilm aus dem Roman machen zu wollen. Für Marinus war das alles ein überwältigender Erfolg. Nachdem er mit einem gemütlichen Abend in der Pianobar seinen Coup gefeiert und noch einmal über alle seine Erlebnisse am Bodensee nachgedacht hatte, entschied er sich, seine Rückreise von Basel nach Rotterdam mit dem Rheinschiff »Ursula« anzutreten. Das war rheine Seesucht. Und Marinus war sicher, daß er seinen nächsten Sommerurlaub wiederum in Bad Schachen verbringen würde. Er entwarf bereits eine Skizze für seinen nächsten Roman »Das Logbuch des Obermaats K. L. A. Bouterman«.

Anna Katharina war platt. Ihr Verdacht mit den Weißwürsten war richtig gewesen! Oder war das alles nur eine literarische Fiktion? Dieser Marinus war so etwas von undurchsichtig, da versagte selbst ihr Scharfblick. Ihre gemeinsamen Schiffsreisen auf dem See betrachtete er anscheinend ebenfalls als Stoff für einen Roman. Aber wer war die polnische Tänzerin? Sie ließ das Feuer hinunterbrennen, nahm noch einen Schluck des speziellen Walliser Rotweines, den sie bei COOP eingekauft hatte, ging noch einmal auf den Balkon, um den Viertausendern gute Nacht zu sagen und kroch ins Bett. Die nächsten Tage blieb sie dort. Sie hatte einfach keine Lust mehr auf Alpen und Wanderungen und schweißtreibende Aufstiege und das Siegesgefühl auf dem Gipfel. Sie schlief ordentlich aus und las die Gault-Millaut-Führer Schweiz der letzten fünf Jahre durch, die in der Bibliothek des Appartements herumstanden. Das gab ihr Ideen für leckere Essen, die sie vielleicht einmal in ihrem Leben mit dem Reiher-Mann durchführen konnte, wenn die Welt nicht unterginge.

Als sie wieder zuhause in Bregenz angelangt war, steckte schon wieder eine Mail von Marinus in der Kiste, der sie aufforderte, sich am kommenden Sonntag mit ihm in Lindau auf dem »Frisco-Dessert-Liner Zürich« zu treffen. Am nächsten Tag kam dann wieder ein großer Bericht:

Am Mittwoch, dem 3. Oktober 2001, am Tag der deutschen Einheit, traf das lange befürchtete Ereignis endlich ein: Mit dem Fahrplanwechsel wurde Bad Schachen von den Kursschiffen zwischen Bregenz und Konstanz nicht mehr angefahren. Ein letztes Mal verbrachte Marinus einen gemütlichen Abend in der Pianobar, um dann am nächsten Morgen nach dem Frühstück, bei dem ihm noch ständig die Klänge von La Paloma im Ohr summten, in das Gästehaus Seemann in Wasserburg umzuziehen. Er würde ohnehin nur mehr ein paar Tage bleiben und dann nach Holland zurückkehren.

Am folgenden Samstag fuhr er mit dem Zug nach Friedrichshafen und von dort mit dem Fährschiff »Friedrichshafen« nach Romanshorn. Anna Katharina war immer noch im Wallis, so daß er diesmal allein unterwegs war. Bei einem kleinen Umweg über Arbon, wo das Seeufer wieder zu einem Spaziergang einlud, machte er eine überraschende Entdeckung. Nur in kurzer Entfernung von der Inschrift an der Kaimauer, die er bereits mehrfach studiert hatte, zuletzt gemeinsam mit Hedy Visser, erblickte er eine zweite Inschrift und in weiterer Ferne noch eine dritte. Er notierte sich diese zweite Inschrift, ohne dabei über den Autor bessere Kenntnisse zu erlangen. Aber sie würde ihm zweifellos die weitere Suche erleichtern:

»WAHRHEIT ist die einzige Macht in dieser Welt, die nicht von der Gunst der Menschen abhängig ist, Darum kann nur sie uns wirklich ›frei machen‹.«

Er hatte keine Zeit mehr, bis zu der dritten Inschrift zu gehen; das würde er nächsten Samstag nachholen. Vielleicht rundete sich dann das Bild ab und präsentierte ihm den Autor. Er war sehr gespannt.

Nachdem er in Kreuzlingen die dritte »Thurgau« bestiegen hatte, gewahrte er auf einem der Pfähle den ersten Vorboten der Reiher-kolonie. Und als das Schiff den Hafen verließ, zählte er an die 70 Reiher, was zweifellos ins Guiness-Buch der Rekorde gehörte. Weiter draußen saß auf dem unteren Pfahl, auf dem das SZ 39 befestigt ist, ein weiterer Reiher, sozusagen ein Nachbote der Kolonie. Ein weiteres Exemplar begleitete in elegantem Flug die »Thurgau«. Er wollte sich vermutlich auf dem SZ 39 niederlassen, setzte bereits zur Landung an, sah aber dann im letzten Augenblick, daß der Platz bereits von einem Artgenossen besetzt war. Er drehte daraufhin eine sehenswerte Kurve um das Seezeichen und kehrte zu seinem Startplatz zurück.

In der Bibliothek studierte Marinus die Geschichte der verschiede-nen Zollhäuser in Kreuzlingen, die inzwischen aufgelassen waren; es gab heute – von der Autobahn abgesehen – nur mehr eine »ambulan-te« Zollüberwachung. Ob die eines Tages auch darauf kommen würde, von ihren Kunden eine Ambulanzgebühr einzufordern?

Da heute ein goldener Oktobertag war, entschloß sich Marinus zu einer Wanderung nach Staad, von wo er mit dem Fährschiff »Hegau« nach Meersburg fuhr. Von dort nahm er die »Konstanz« nach Wasserburg, die völlig überfüllt war. Es mangelte zudem auch nicht an Radfahrern. Es mochte das Geheimnis der BSB bleiben, warum sie an einem so schönen Tag nur mehr ein kleines Schiff wie die »Konstanz« einsetzten. Nach dem Ablegen von Meersburg begeg-neten ihnen kurz hintereinander die »Lindau«, die »Gunzo« und die »Königin Katharina«, während in der Luft über ihnen der »Zeppi« schwebte. Marinus hatte diesen Namen noch nie gehört, aber die Leute nannten ihn so. Er erinnerte sich, daß ein kleines Mädchen auf der

»Karlsruhe« immer vom »Zepolin« gesprochen hatte. Das hatte ihm auch nicht schlecht gefallen. Er überholte bis Friedrichshafen mehrfach die »Thurgau«. Zum Rattenzählen verspürte Marinus heute nur wenig Lust. In Hagnau verzeichnete er 96 Ratten und 2 Hunde, in Immenstaad 67 Ratten und 2 Hunde.

Vor Immenstaad kreuzte, diesmal mit geblähtem Segel, die Lädine. Marinus dachte sich, daß sie für die Verkörperung eines alten Lastenseglers viel zu elegant wirkte; ihre hölzernen Bordwände glänzten im Sonnenlicht. In Friedrichshafen herrschte reger Verkehr. Im Hafen lagen die Motorschiffe »Friedrichshafen« und »Graf Zeppelin«, das Fährschiff »Friedrichshafen« lief gerade aus Romanshorn ein, gefolgt vom Wetten-daß-Schiff »Uhldingen« und der von vielen Leuten bestaunten »Hohentwiel«. Schließlich gab es noch zwei weitere Ereignisse, die zu erwähnen sind: Auf dem SZ 50 nach Nonnenhorn saß einmal wieder der treue Reiher, bekannt als der »Unbewegliche« oder »Ausgestopfte«. Er rührte sich nicht, obwohl die »Konstanz« ganz nah an ihm vorüberfuhr. Und als Marinus schließlich auf Wasserburg zufuhr, konnte er vom Heck aus noch einen bemerkenswerten Sonnenuntergang mitverfolgen. In Wasserburg gönnte er sich in den Fischerstuben einen großen Teller mit Variationen von Bodenseefischen. Es gab sie noch, obwohl in letzter Zeit die Fischer nicht müde wurden, darüber Klage zu führen, daß der Fischfang enorm zurückging; denn der See war viel zu sauber geworden und nährte die Fische nicht mehr richtig. Man hatte als Reaktion darauf die Fanggröße reduziert und die Netze verengt, damit aber nur erreicht, daß jetzt eine ganze Generation potenzieller Vermehrer der Fischfauna ausgefallen war. Auch der Angelsport hatte in einem Ausmaß zugenommen, daß die Berufsfischerei dadurch große Einbußen erlitten hatte. Was aber würde letztlich noch passieren, wenn die 70 Fischreiher aus der Kreuzlinger Kolonie sich eines Tages wieder auf den ganzen Bodensee verteilten und ausgehungert auf die Jagd gingen?

Der folgende Sonntag war ein Regentag wie im November. Die Seefahrt war nicht besonders verlockend. Als jedoch am späten Nachmittag das Wetter umschlug und sogar die Sonne herauskam, begab sich Marinus vom Gästehaus Seemann zur Anlagestelle, wo pünktlich um 17.20 der Frisco-Dessert-Liner »Zürich« aus Rorschach eintraf. Doch nicht eine einzige Ratte verließ das Schiff, und niemand außer Marinus stieg ein. Der Regentag hatte wohl abschreckend gewirkt.

Die Stimmung auf dem See war einzigartig. Durch das Gemisch von blauem Himmel und Wolken, die sich allmählich mit dem Sonnenuntergang gelb, rot und violett färbten, schien das Wasser über weite Strecken schwarz getönt. Durch den Föhn war die Sicht sehr klar und das Schweizer Ufer zum Greifen nah. Die »Zürich« nahm Kurs auf Bad Schachen, das von den deutschen und österreichischen Schiffen nicht mehr angefahren wurde. Auf dem Landesteg tat sich nichts, niemand wollte einsteigen. Aus der Bude des Hafenmeisters winkten die Jugendlichen mit ihren Bierflaschen, unternahmen aber nichts, um bei der Landung behilflich zu sein. Zwei Fahrgäste wollten nämlich aussteigen. Auf Anfrage des Kapitäns winkten sie ab, sie seien nicht zuständig, ihr zuständiger Kollege aber sei nicht da. Der Kapitän versuchte nun, einen Spaziergänger, der mit seinem Hund auf dem Landesteg stand, zu aktivieren. Doch der wollte auch nicht so recht, trat aber immerhin in Verhandlungen mit den Burschen ein. Doch vergeblich, diese weigerten sich, tätig zu werden. So mußte zuletzt ein Matrose vom Schiff auf den Landesteg springen, um die Brücke auf das Schiff zu schieben. Endlich konnten die beiden Passagiere aussteigen. Da es sich um ältere, gehbehinderte Leute handelte, wäre ihnen kaum zumutbar gewesen, bis Lindau zu fahren.

Unterwegs begegnete die »Zürich« der »Elisa«, die auf einer Sonderfahrt von Fußach nach Lindau auf dem Rückweg war. Im Kielwasser der »Zürich« kam die kleine »Elisa« in starke Turbulenzen. Marinus wähnte, daß er einige Leute auf der »Elisa« von irgendwo her kannte, war sich aber nicht sicher.

Wäre nicht der »fette« bayerische Löwe an der Hafeneinfahrt ein untrügliches Zeichen dafür gewesen, daß man das schwäbische Venedig erreicht hatte, so konnte Marinus im Schatten des Löwen ein noch untrüglicheres Zeichen ausmachen: eine Frau mit einem weißen Verband auf ihrer begradigten Nase. Diese verbundenen Nasen gehören zum heutigen Stadtbild wie der Leuchtturm und der Löwe. In Lindau kam Anna Katharina Matt an Bord, die aus dem Wallis zurückgekehrt war.

Die »Zürich« fuhr der untergehenden Sonne Richtung Wasserburg entgegen, wo Anna Katharina und Marinus auf die »Konstanz«

152

umstiegen. *Zu ihrer großen Überraschung begrüßte sie in Wasserburg der Reiher vom Seezeichen Nr. 55, ein guter Bekannter aus dem Frühjahr. Allmählich ging die Sonne unter. Am Himmel erschienen merkwürdige Wolkenbilder: zuerst ein schneeweißes Notenband, fast wie aus einer Partitur herausgeschnitten; dann ein Totengeripe mit dunkellila Knochen, zuletzt ein Reiher (oder war es eher ein Marabu?) und ein riesiger Karpfen. Nach der Abfahrt aus Lindau wurde es zunehmend Nacht. Die »Konstanz« schaltete ihre Beleuchtung an und fuhr als Traumschiff in Bregenz ein. Beim Aussteigen fiel eine Frau auf, die drei Regenschirme in der Hand trug; gewiß hatte sie den Regentag so bestens überstanden.*

Da kein Schiff mehr in Richtung Lindau zurückfuhr, entschied sich Marinus trotz seiner Voreingenommenheit gegen die Radfahrer, die Nacht im Radlerhotel »Germania« zu verbringen. Insgeheim hatte er gehofft, dort eine Pianobar anzutreffen, wurde aber enttäuscht. Er lud Anna Katharina zu einem opulenten Abendessen ein, bei dem sie ausführlich über ihre Erlebnisse im Wallis berichtete und sich mit großer Lebhaftigkeit für den Fortbestand der Swissair ereiferte. Marinus schien davon weniger berührt, ihm war nur wichtig, daß die Schweizerische Bodensee-Schiffahrtsgesellschaft AG und die Schweizerische Schiffahrtsgesellschaft Untersee und Rhein weiterhin in Blüte standen.

Beim Dessert stellte Anna Katharina die Frage, wer eigentlich der Heilige Marinus sei. Jeder kennt die hl. Anna, jeder die hl. Katharina, aber den hl. Marinus? Marinus kannte sich mit den Heiligen weniger gut aus, erinnerte sich aber, daß er vor einigen Jahren einmal die Wallfahrtskirche zu den Drei Elenden Heiligen in Griesstetten in der Oberpfalz besucht hatte. Er erinnerte sich an ein Deckengemälde, das er dort gesehen hatte: »St. Marinus, Zimius et Vimius orate pro nobis«.

»›Elende Heilige‹ mag etwas abwertend klingen, ist aber nicht wörtlich zu verstehen, elend heißt hier einfach ausländisch. Zimius und Vimius waren irische Missionare, denen sich der Benediktinermönch Marinus, Prior zu St. Jakob in Regensburg, anschloß. Sie errichteten in Einsiedel im Altmühlgebiet eine Zelle. Marinus ist dort 1153 gestorben, wo sich dann sein Grab zu einer Wallfahrtsstätte entwickelte. Ob ich selbst nach diesem Heiligen benannt wurde, weiß

ich allerdings nicht. *Vielleicht gibt es noch andere Marinusse. Zum Beispiel den von San Marino.« Sie ließen es dabei bewenden. Hauptsache, es gab einen heiligen Marinus, wenn mehrere, um so besser.*

Anna Katharina ging der Ur-Reiher auf dem Seegrund genausowenig aus dem Sinn wie die Heilige Maria, die dort als Statue eine unfreiwillig feuchte Existenz führen mußte. Sie kam ihr vor wie die kleine Seejungfrau bei Hans Christian Andersen.

»Kann man da nichts machen?« dachte sie laut vor sich hin. Marinus machte einen Vorschlag:

»Erinnerst du dich an den Taj Mahal des Bodensees? In der Nähe von Schloß Kirchberg? Da könnte man doch beide hineinstellen, den ›Unbeweglichen‹ sozusagen und die Marienstatue. Auf immer vereint in einem schönen Bauwerk.« Diese rettende Idee begossen Anna Katharina und Marinus noch mit einem zehnjährigen Schnaps von der Saubirne, hier »Subirar« genannt, bevor sich ihre Wege trennten.

Nach einem letzten Ausflug nach Konstanz schickte ihr Marinus doch noch einmal eine Mail:

Am 13. Oktober war es soweit. »Die schönen Tage in Aranjuez waren«, wie der Dichter sagt, »zu Ende«. Ein Dreizehnter versprach nichts Gutes. Marinus mußte seine Zelte am Bodensee abbrechen. Der Urlaub, gemischt mit diversen geschäftlichen Verpflichtungen, hatte ohnehin allzu lange gedauert. Jetzt forderten ihn die Manager seiner Firma zurück, sie wollten vor allem hören, inwieweit er fündig geworden war.

Der 13. war trotz allem ein schöner Tag, obwohl die Kurse von Kreuzlingen nach Konstanz schon seit dem letzten Wochenende eingestellt waren. Dennoch wurde auch der 13. ein Reiher-Natur- und Kunsterlebnis. Mit Anna Katharina bestieg er den 2000 errichteten hölzernen Turm im Hafengelände, der einen hervorragenden Blick auf die Reiherinsel bot. Erstmals stellten sie fest, daß die Reiherinsel wohl eher als eine Reiherhalbinsel bezeichnet werden mußte, obwohl die Verbindung zum Festland nur recht schmal und zudem noch von einem Rinnsal durchzogen war.

Es waren etwa ein Dutzend Reiher zu sehen, teils stehend, teils fliegend, die meisten am Ufer, einige auf vorgeschobenen Posten auf Pfählen. Auf der Insel bzw. Halbinsel gab es einen kleinen rechtecki-

gen See, der vorwiegend von Enten bevölkert war. Und inmitten des Schilfs schilften zwei schottische Hochlandrinder, die wohl keiner hier erwartet hätte.

Anschließend führte Marinus Anna Katharina zum Reiher in der Kunst, d.h. zum Reiherdenkmal, das 1954 durch den Schweizer Bildhauer und Maler Emil Burkhardt geschaffen worden war. Der Vogel war nicht in der typischen Haltung des unbeweglich stehenden Reihers, sondern in Bewegung dargestellt, gleichsam auf Beutefang. Am Abend lud Marinus Anna Katharina zu seiner Henkersmahlzeit in den »Torkel« nach Nonnenhorn ein. Mit dem guten Appetit, wie man ihn von einem Tag auf dem See mitbringt, verspeisten sie knusprige Schweinshaxen mit einer großen Salatplatte, naschten Pommes von den Tellern zweier Bekannter, die mit ihnen am Tisch saßen, tranken helle und dunkle Weizenbiere und gönnten sich zum Nachtisch einen Nußbecher und Panna Cotta. Einer der Bekannten war ein kommender Schriftsteller. Er arbeitete seit fünf Jahren an seinem Ritterroman »Gertrude«. Eine Prinzessin mit hellblauen Augen und semmelblonden geflochtenen Zopfen wurde von ihrem herzlosen schwarzbärtigen und braunäugigen Vater bedrängt, einen noch schwärzeren Edelmann zu heiraten, was sie jedoch strikt ablehnte. Nur das entschlossene Dazwischentreten eines mutigen Ritters rettete sie vor diesem bösen Schicksal. Die Geschichte endete damit, daß Gertrude in den starken Armen ihres Befreiers vor Glück bebte. Anna Katharina glaubte in dieser Geschichte ein aufkeimendes komisches Talent erkennen zu können, während Marinus eher skeptisch blieb. Er hatte ein Vorurteil gegen alle literarischen Werke, die nicht von der Seefahrt geprägt waren. Nun ja, man würde ja sehen. Vielleicht war dem komischen Talent am Ende doch noch ein Bestseller beschieden. Ein Nobelpreis war vermutlich weniger drin, dazu fehlte es schon an einem politischen Background.

Noch am selben Abend fuhr Marinus mit dem Nachtzug in seine holländische Heimat zurück. Zum Abschied wünschte er Anna Katharina, dem Beispiel des Kapitäns der »Vorarlberg« bei der letzten Fahrt in diesem Jahr folgend, fröhliche Weihnachten und ein gutes Neues Jahr. Er nahm sich fest vor, zu Beginn der Schiffahrt im März zu einem kurzen Osterurlaub wieder am Bodensee zu sein. Großzügig wie er war, schenkte er Anna Katharina ein Buch, das er in einem

Antiquariat in Konstanz erstanden hatte. Dieses Buch, von dem Verleger Christoph Riegel in Frankfurt am Main und Leipzig 1725 (kurz nachdem Bach dort aufgetaucht war) herausgegeben, enthielt u.a. einen Kupferstich von Lindau mit dem Teil des Bodensees, den er und Anna Katharina am besten kannten. Das Buch trug den Titel »Der curieuse Passagier«. Wenn er an »Seesucht« dachte, so bestand eigentlich deren gesamter Inhalt aus den Wahrnehmungen zweier curieuser Passagiere.

Angefügt hatte Marinus noch eine »Seesucht-Statistik per 13. Oktober 2001«, in der er alle befahrenen Schiffe samt Baujahr und gestaffelt nach der Anzahl der Fahrten notiert hatte, sowie die Geldsumme, die er sich durch seine flotte Flottencard erspart hatte (DEM 825,80).

»Ein würdiger Sohn eines Volkes, das schon früh die Buchhaltung eingeführt hat«, dachte Anna Katharina. »Er leidet vermutlich genetisch unter Zählsucht.« Die Liste sah so aus:

Motorschiffe:

Karlsruhe, 1937..................................*44*
Vorarlberg, 1965............................*20*
Zürich, 1933/1960, Frisco-Dessert-Liner...........*19*
Stuttgart, 1964, Apfelschiff..............................*19*
Austria, 1939......................*17*
München, 1962................*11*
Konstanz, 1964......................*10*
Schwaben, 1935/37, 1999............................*7*
Königin Katharina, 1994........................*5*
Baden, 1934/35, olim Kaiser Wilhelm................*4*
Thurgau II, 1965........................*4*
Schaffhausen, 1970............................*4*
Graf Zeppelin, 1989, Festspielschiff....................*4*
Lindau, 1958/64, olim Grünten........................*3*
Thurgau I, 1932/1959............................*3*
St. Gallen, 1967, Schlaraffia-Liner....................*2*
Uhldingen, 1974, Wetten daß.....................*2*
Munot, 1998........................*2*
Arenenberg, 1983.........................*1*

156

Fährschiffe:

Anna Katharina atmete auf. Gottseidank fehlte bei einigen wenigen Schiffen das Baujahr. Sonst hätte sie Marinus schon für völlig zwanghaft gehalten.

Das Blaue Band

Nun war der große Tag endlich gekommen, dem Anna Katharina schon den ganzen Sommer entgegengefiebert hatte: der Tag, an dem seit 1954 zum ersten Mal wieder das Rennen um das Blaue Band des Bodensees stattfinden sollte. Es war ein schöner Oktobersonntagmorgen, in Bregenz lag zur Abwechslung einmal kein Nebel, die Sonne schien bereits am Morgen aus einem nur leicht dunstverschleierten Himmel. Am Hafen herrschte reger Betrieb, wenn auch weniger als bei der Schiffswallfahrt. Anna Katharina hatte sich einen Platz auf der »Austria« besorgt. Der Zugang zu den Landeplätzen durch die Glastüre war noch versperrt, obwohl schon viele Leute warteten. Anna Katharina schloß sich einem Vater mit drei Kindern an, der aus der Warteschlange ausscherte, den Hafen wieder verließ und durch das Hafencafé zum Schiff vordrang. Doch vor der Landebrücke mußte man wieder stehenbleiben. Ein Kamerateam tummelte sich auf der »Austria« auf Landeplatz 1, die »Vorarlberg« lag unbefilmt auf Landeplatz 3.

»Guck mal, der hat sogar en Assischtent dabei. Des hob i net. Und no ein mit so eme Zopf im Rücke!« sagte ein Mann hinter Anna Katharina zu seiner Begleiterin.

Dann durften alle endlich an Bord. Anna Katharina hatte einen Platz an Tisch 413 im obersten Salon, aber sie ging gleich auf das Deck hinaus und legte ihr Kissen auf einen der Metallstühle. Die »Austria« füllte sich nach und nach, auf der »Vorarlberg« stiegen überraschend wenige Passagiere zu, aber sehr viele Kinder. Kinder fuhren heute gratis. Um fünf nach elf legte die »Austria« ab, wendete elegant im Hafen und begab sich auf die spiegelglatte, blaue, nur leicht gekräuselte Fläche des Sees hinaus. Lindau war hinter einer Nebelwand verborgen. Die »Vorarlberg« folgte, fuhr zuerst ein Stück parallel neben der »Austria« her und dann in ihrem Kielwasser. Beide Schiffe waren mit Wimpelleinen verziert, die im Fahrtwind flatterten. Anna Katharina stellte sich an die Bar und hörte den Gesprächen der meist älteren Männer um sie herum zu, die aussahen, als ob sie alle altgediente Schiffskapitäne wären. Dann näherte sich ein jüngerer Mann dem Kellner.

»Wie geht's?« Die beiden schienen sich zu kennen.

»Wie immer. Ausgehungert, pleite, Fußpilz, Aids. Gibt's eine Cola, die nicht gefroren ist?«

Anna Katharina musterte den Fußpilzkranken aus dem Augenwinkel. Er sah etwas übernächtigt, aber sonst ganz zivilisiert aus.

Die Bodenseekapitäne hatten auch ein Gespräch begonnen.

»Uf deam Schiff bin i scho mit zehn Johr g'fahra. Der Fontanari ischt min Firmgötte g'si. Uf d'Insel Mainau hot ma mi mitg'nomma, er ischt i dr Kapitänskajüte hocka blieba und hot g'soffa, i hob an Luftballo kriagt und dia Insal aschaua dürfa und denn simm mar wieder z'ruck. Am Obad hot er mi denn hoambrocht.«

»Wenn isch des g'gsi?«

»Wo i zehn Johr alt gsi bi. 1952.«

»Dr Fontanari, isch der damols nit an Kommunischt g'si?«

»Na, bei dr SPÖ ischt er gsi.«

»Schimmt nit, damols ischt er no an Kommunischt gsi.«

Sie konnten sich nicht einigen, über die Parteizugehörigkeit des damaligen Firmpaten. Und nun konnte Anna Katharina auch nicht mehr länger zuhören, weil ein Moderator ein Mikrofon ergriffen hatte und sich zu Wort meldete.

Die Passagiere erfuhren nun, daß das Rennen um das Blaue Band seit 1950 fünfmal stattgefunden hatte, 1950, 1951, 1952, 1953 und 1954. Dreimal war die »Austria« an den Start gegangen und dreimal hatte sie souverän gewonnen, was leicht zu erklären war, da sie am meisten PS im Bauch hatte. Um den anderen auch eine Chance zu geben, hatte die »Austria« zweimal nobel auf den Start verzichtet, eines dieser Rennen hatte die damals noch frischere »Überlingen« gewonnen, vor der »St. Gallen«. Das letzte Rennen 1954 war ebenfalls von der »Austria« siegreich beendet worden, so daß sie die derzeitige Inhaberin des Blauen Bandes war, das sie heute verteidigen wollte.

Inzwischen war die Sonne verschwunden, und es herrschte dicker, grauer Nebel. Von Lindau konnte man beim Vorbeifahren fast gar nichts erkennen. Der Moderator hatte erzählt, daß sich neben der aktuellen Besatzung noch die zwei dienstältesten

Bodenseekapitäne der österreichischen Flotte, die den österreichischen Bundesbahnen unterstellt war, an Bord befänden, sowie vier pensionierte Kapitäne und sogar ein Hochseekapitän.

»Und wie sehen Sie die Chancen der ›Austria‹?« wurde ein pensionierter Kapitän gefragt. Er war, wie alle vor ihm, der Ansicht, daß die »Austria« gewinnen müßte. Die Modalitäten der Blaue-Band-Fahrt, wie er sagte, seien zwar verändert worden, es käme nicht mehr nur auf die Geschwindigkeit, sondern auch auf die Geschicklichkeit an, da ein Rettungsreifen umfahren und aus dem Wasser gefischt werden müßte, wodurch die großen, schwerer manövrierbaren Schiffe im Nachteil seien, aber der Kapitän der »Austria« sei auch in dieser Hinsicht ein As und werde seine Sache schon gut machen.

»Ich war noch bei einer Fahrt dabei, als Schiffsjunge, als noch Dampfschiffe gefahren sind. Das war noch viel interessanter, da ist es auf die Menschenkraft angekommen, daß der Dampf genau dann da war, wenn man ihn brauchte, beim Start zum Beispiel, da mußte auch die richtige Kohle geschaufelt werden, da war der Mensch noch wichtiger.«

»Gestern abend habe ich im Lindauer Hafen gehört, die Deutschen wollen die Österreicher austricksen, heute. Wie können Sie das machen?« fragte der Moderator.

Der alte Kapitän bemühte sich sichtlich, hochdeutsch zu sprechen.

»Ja, sie haben die ›Königin Katharina‹ als Startschiff, die ist ziemlich klein und tut sich leichter beim Rettungsreifen, aber sie ist doch eine ziemlich lahme Ente. Ich sehe keine Gefahr für die ›Austria‹.«

Es war wie bei den Schirennen, da waren die Österreicher auch schon vorher immer ganz siegesgewiß. Taktisch unklug, fand Anna Katharina, aber sie wurde ja nicht gefragt. Bei der Erwähnung der »Königin Katharina« fiel ihr ein, daß sie inzwischen Seiner Königlichen Hoheit, dem Herzog von Württemberg, wieder einmal begegnet und dabei sogar mit ihm ins Gespräch gekommen war. Es war bei einem Vortrag in Schaffhausen gewesen. Seine Königliche Hoheit, ein feiner, leutseliger Herr, hatte ihr erklärt, daß Katharinas Vater Wilhelm, ein

160

strenger Protestant, sehr gegen die von Napoleon angeordnete Ehe war, da Jérôme ein berüchtigter Frauenheld gewesen sei. Doch Napoleon habe ihm gedroht, er werde ihn dann nicht mehr als Verbündeten betrachten, sondern Württemberg als besetztes Land behandeln, und was das bedeute, das wisse man ja. Wilhelm mußte nachgeben. Nach Napoleons Sturz und der Verjagung von König Lustig aus Westfalen habe er von seiner Tochter die Trennung von ihrem Mann verlangt, doch diese habe sich geweigert, mit dem Argument, sie sei schließlich mit ihm verheiratet und gerade er, ihr Vater, habe ihr doch immer eingeschärft, daß eine Frau zu ihrem Mann halten müsse. Worauf Wilhelm dann beide zusammen in Hohenellwangen eingesperrt hat.

Anna Katharina kehrte geistig in die Gegenwart zurück. Die Fahrgäste wurden nun eingeladen, auf die Schiffsbrücke zu kommen und dem Kapitän und dem Steuermann bei ihrer Arbeit über die Schulter zu schauen. Das ließ sie sich nicht zweimal sagen. Nun trat sie zum ersten Mal durch die Tür mit der Aufschrift »Kapitän. Eintritt verboten«, an der sie schon so oft vorbeigegangen war. Der Kapitän stand vor dem Radar und lenkte, es hatten sich schon einige andere Leute, vorwiegend ältere Männer, eingefunden. Der Radar sah aus wie ein schwarzer Fernsehschirm, auf dem in Giftgrün ein Punkt mit einem Kreis herum und mehrere andere Punkte zu sehen waren. Der Punkt im Kreis war das Schiff, der Kreis maß 400 Meter im Durchmesser. Genau am Rande dieses Kreises bewegte sich ein anderer Punkt, die »Vorarlberg«, die 400 Meter hinter der »Austria« herfuhr. Jedes Segelboot erschien als Pünktchen auf der Fläche, man konnte den Radius auch vergrößern, dann kam das Ufer als grüne Zone auf den Bildschirm. Es war bereits die Argenmündung in Sicht.

Anna Katharina stellte sich neben den Moderator, der ein goldenes Wams trug und eine Baseballkappe mit goldenem Eichenlaub auf dem Sonnenschirm. Er hatte Listen vor sich liegen, auf denen die Formation der Schiffe beim Start des Rennens ersichtlich war. Vierzehn Schiffe würden sich vor Immenstaad treffen, die Zuschauerschiffe kämen in zwei Linien hinter den Rennschiffen zu liegen. Die Rennschiffe, acht an der Zahl, weil die zwei Schweizer Schiffahrtsgesellschaften je zwei Schiffe an den Start schickten, würden paarweise laufen. Die »München« war das Startschiff, die »Stuttgart« das Zielschiff.

Am oberen Ende der Startlinie lag das Team »Schweiz I« von der Untersee- und Rheinschiffahrt, die »Stein am Rhein« als Start- und die »Schaffhausen« als Zweitschiff. Das Startschiff mußte um einen Rettungsring herumfahren, ihn auffischen, zum zweiten Schiff weiterfahren, es umrunden, parallel mit ihm einen Kilometer weit fahren, dann sich Bug an Bug stellen, das Zweitschiff mußte eine Flasche Sekt übergeben und das Schiff, auf dem der erste Korken knallte, hatte das Rennen gewonnen. Die schwäbischen Schläulis hatten die »Königin Katharina« als Startschiff gewählt, weil sie einen Vorteil beim Schwimmreifenfangen hatte, und dazu die starke »Graf Zeppelin«, die Österreicher starteten mit der »Austria« und der »Vorarlberg« und »Schweiz II« mit der ebenfalls kleinen »Säntis« als Startschiff und der »St. Gallen«. Trotz der Favoritenrolle der »Austria« könnte das ein spannendes Rennen werden.

Doch je näher Immenstaad rückte, desto dicker wurde der Nebel. Anna Katharina stieg wieder auf das Vorderdeck hinunter. Nach und nach sah man andere Schiffssilhouetten aus dem grauen Dämmer auftauchen, sie erkannte die »München«, die »Karlsruhe«, die »St. Gallen« und die »Königin Katharina«. Das häufige Schiffefahren hatte sich doch bezahlt gemacht. Neben ihr am Bug stand eine kleine Dame, mit der sie ins Gespräch kam. Sie wohnte am Walensee in der Schweiz, war aber eine Tirolerin, ihr Mann ein Wiener. Der Kraftwerksbau hatte sie in die Schweiz verschlagen, und irgendwanneinmal waren sie dann dort geblieben. Der Moderator stand nun auf dem Deck, mit einem goldenen Mikrofon in der Hand, und versuchte, zu den Leuten auf der »St. Gallen«, die ein paar Meter neben der »Austria« lag, Kontakt aufzunehmen.

»Habt ihr auch soviel Nebel bei euch?« fragte er die Leute, die in Sichtweite auf ihrem Schiff standen, aber nichts verstanden. Es rührte sich jedenfalls nichts. Der Moderator versuchte es nun mit Musik, schob eine CD ein und ließ die Schweizer Bundeshymne spielen.

»Jetzt müßten sie doch eigentlich strammstehen, die Schweizer.«

Keinerlei Reaktion auf dem Nebenschiff.

Nun ließ der Moderator für die Passagiere auf der »Austria« dröhnend laut Discosound spielen, er selbst verschwand wieder im Schiffsinneren.

»Furchtbar, dieser Krach«, meinte die Schweizer Tirolerin.

Anna Katharina versuchte, unter den vielen Hebeln einen für die Lautstärke zu finden. Doch vergeblich. Plötzlich stand der Kraftwerksingenieur neben ihr und drückte auf einen roten Knopf. Es herrschte wieder Ruhe.

Der Moderator kam zurück und schob irritiert an den verschiedenen Hebeln herum. Die Tirolerin sagte ihm, daß das Gerät ausgeschaltet worden sei, er hatte schon geglaubt, es sei kaputt. Nun wurden die Passagiere mit dem Radetzkymarsch beschallt, in einer Lautstärke, die für einen Taubstummenausflug gereicht hätte. Die Tirolerin und Anna Katharina beschwerten sich, der Moderator schaltete eine Spur leiser. Ein Mitpassagier in knielanger Lederhose und wallenden grauen Locken fand das spielverderberisch.

»Wir wollen uns doch auch unterhalten«, meinte die Tirolerin.

»Man muß doch nicht die ganze Zeit reden«, konterte der Lederhosenmensch.

»Warum nicht?« sagte die Tirolerin. Sie war in Feldkirch ins Internat gegangen, nach 1945, in das Institut St. Josef, weil es in dem Ort, wo sie herkam, keine Schule und auch keine Fahrtmöglichkeit gegeben hatte.

»War das nicht das Backfischaquarium?« fragte Anna Katharina.

»Wir haben Mädchen-KZ gesagt. Aber die Schwestern haben sich auch nicht gemocht. Wenn wieder einmal eine Kartoffelschälen mußte, wußten wir schon, was los war.«

Der Lederhosenmensch bestand darauf, daß die Musik wieder lauter gestellt wurde. Jetzt war der Donauwalzer an der Reihe. Der Moderator versuchte zu moderieren und bot der Tirolerin und Anna Katharina, die sich solidarisch mit ihr erklärte, an, in die Kapitänszelle zu gehen. Dieses Angebot nahmen sie gerne an und stiegen wieder hinauf. Auch dort herrschte Ratlosigkeit angesichts der Nebelmasse.

»Kann man nicht mit Radar fahren?« Anna Katharina hätte so gerne das Rennen erlebt.

»Viel zu gefährlich, bei dieser Sicht. Und den Rettungsring sehen Sie da nicht.« Ein bißchen schaukelten die Schiffe noch tatenlos herum, dann wurden Anna Katharina und die Tirolerin wieder gebeten, nach unten zu gehen.

Der Moderator stand wieder da, mit seiner goldenen Weste, seinem goldenen Mikrophon und der Kappe mit dem goldenen Eichenlaub. Er war auf Sieg eingestellt. Er machte eine neue Durchsage. Der Anfang des Rennens war ohnehin schon bis halb drei verschoben worden.

»Noch sechs Minuten bis vierzehn Uhr dreißig, dann werden wir sehen, wie es weitergeht.« Man sah gar nichts, nur verschwommene Silhouetten von Schiffen.

Nach den sechseinhalb Minuten wurde folgende Entscheidung durchgegeben:

»Wer als erster die ›München‹ sieht, gewinnt ein Bier. Die Schiffe fahren jetzt auf die ›München‹ zu und bilden einen Stern.«

»Und dann geben alle Vollgas«, meinte der Kraftwerksingenieur.

»Und dann fahren die Schiffe aufeinander zu, Bug an Bug, und übergeben eine Flasche Sekt. Das Rennen ist jetzt endgültig abgesagt, wegen widriger Wetterbedingungen.«

Man sah überhaupt nichts, und die »München« schon gar nicht. Die »Austria« fuhr langsam vorwärts, schließlich tauchte ein orangerotes Blinklicht auf, es war die »München«. Im Nebel konnte man diffus die anderen Schiffssilhouetten ausmachen. Zuerst fuhr die »Karlsruhe« auf die »München« zu und blieb fast einen halben Meter vor dem Bug stehen. Die beiden Matrosen, die auf der Brüstung des Bugs standen, mußten sich ganz schön nach vorne beugen, um die Sektflaschen auszutauschen.

Plötzlich ertönte ein Knall, es war aber nicht die Sektflasche, sondern ein Salutschuß. Die »St. Gallen« kam auch nicht näher heran.

Der Moderator verfiel in hektisches Ansagen:

»Wir haben etwas vorbereitet, damit wir wenigstens irgendetwas bieten können, wenn schon das Rennen nicht stattfindet. Sie bekommen bei der Schiffskasse Gasluftballons, in Rot, Weiß und Blau. Stellen Sie sich bitte auf den beiden vorderen Decks so auf, daß Sie die rot-weiß-rote österreichische Fahne nachbilden, in der Mitte die weißen Ballons, links und rechts die roten. Und die blauen dann am Rand, für das Blaue Band.«

Die Leute strebten nach unten, zur Kasse, der Gatte der Tirolerin brachte rote Ballons mit, aber alle stellten sich durcheinander auf. Dann fuhr die »Austria« los, feierlich, unter den Klängen der österreichischen Bundeshymne von der CD. Der Kapitän war wirklich ein Meister seines Faches: Auf den Millimeter genau traf er den Bug der »München«, das Schiff kam sanft zum Stillstand. Es wirkte wie ein Kuß. Die Sektflaschen wurden ausgetauscht, dann forderte der Moderator die Passagiere auf, zuerst die roten und weißen und dann auch noch die blauen Luftballons loszulassen. Sie stiegen in die Nebelsuppe auf und verschwanden sehr bald in der grauen Trübnis. Die österreichische Fahne hatte sich in die französische Trikolore verwandelt. Wahrscheinlich war dies der Einfluß der Marienwallfahrt für die Einigung Europas im Zeichen der Madonna von Fatima. Aber trotzdem: Diese Schiffsberührungsaktion war die schönste gewesen.

Dann griff der Moderator wieder zum goldenen Mikrofon und kündigte an, daß man nun nach Meersburg fahren werde, dort anlegen und um 16 Uhr 30 wieder weiterfahren würde. Wer an Land wolle, solle aussteigen, das Schiff führe wieder auf den See hinaus, weil auch andere anlegen wollten. Anna Katharina überlegte, ob sie auf dem verwaisten Schiff bleiben sollte, aber dann entschied sie sich, mit ihren neuen Schweizer Bekannten an Land zu gehen. Am Ufer in Meersburg stand ebenfalls ein Moderator und kündigte das Schiff beharrlich als die »Österreich« an. Sie nahmen gleich im ersten Restaurant Platz, wo man im Freien sitzen und die Schiffe beim Landen und Abfahren beobachten konnte. Der Bergwerksingenieur bestellte ein Viertel Wein, seine Frau eine Reichenauer Salatplatte und Anna Katharina Maultaschen in der Brühe und ein Weizenbier, weil sie vor Aufregung noch gar nichts gegessen hatte. Gegen halb vier Uhr wurde das Wetter besser, dann kam die Sonne heraus.

»Wer weiß, wozu dieser Nebel gut war«, überlegte Anna Katharina laut. »Vielleicht hätte der Trick mit der ›Königin Katharina‹ funktioniert und die ›Austria‹ wäre das Blaue Band jetzt los. Die Österreicher haben durch den Einsatz der Nebelmaschine den Besitz des Blauen Bandes für ein weiteres Jahr gesichert.«

Der Kraftwerksingenieur fand das einen guten Gedanken. Um halb fünf gingen sie wieder aufs Schiff, ohne daß die Karten kontrolliert worden wären.

»Auf den Schweizer Schiffen haben sie die Leute sicher nicht einfach so einsteigen lassen, ohne Kontrolle«, meinte der Kraftwerksingenieur.

Strahlender Sonnenschein, beste Fernsicht, sogar die Schweizer Berge tauchten in der Ferne als schwache Silhouetten auf. Das Musikduo »Schwamm drüber« spielte Älplerweisen, wie das Kufsteinerlied. Anna Katharina und die Tirolerin verlangten Zeemanslieder, z. B. »Junge, komm bald wieder« oder wenigstens »Die Fischerin vom Bodensee«. Dieses Lied war bei »Schwamm drüber« unbekannt, aber sie gaben immerhin »La Paloma« zum besten und versprachen, bis zum nächsten Jahr »Die Fischerin vom Bodensee« einzuüben. Und noch einen Trost gab es für die Passagiere: Wer seine Eintrittskarte aufhob, würde im nächsten Jahr 50% Rabatt für die nächste Blaue-Band-Fahrt bekommen. Und jetzt würden die »Austria« und die »Vorarlberg« ein kleines, internes Wettrennen veranstalten, bis Immenstaad.

Anna Katharina merkte, wie das Fahrttempo stieg. Den Taj Majal mit der Madonna und dem Reiher zog vorbei, die »Vorarlberg« hatte natürlich keine Chance, und die »Austria« hatte gleich einmal die Nase vorn. Dann ließ sie die »Vorarlberg« etwas aufholen, setzte sich aber wieder an die Spitze, um dann so richtig zurückzufallen. Doch nur, um die »Vorarlberg« in ihrem Kielwasser zu kreuzen und dann von rechts zu überholen, unter dem Geschrei der Kinderhorden auf dem unteren Deck der »Vorarlberg«, die rhythmisch schrien »›Austria‹ pfui, ›Austria‹ pfui!« und dabei den rechten Arm mit ausgestreckten Daumen nach unten schwangen. In Immenstaad würde das Rennen beendet, es war wahrscheinlich nicht unbegrenzt viel Diesel vorhanden.

Ein Herr in zweifarbiger Lederjacke, durchbrochenen Schuhen und Schirmmütze, der sehr distinguiert aussah, kam an Deck. Die Tirolerin flüsterte Anna Katharina zu:

»Der war bei uns am Tisch und hat kein Wort geredet. Wahrscheinlich ein Adeliger. Er verbreitet Distanz um sich. Und dann ist er auch so angezogen.«

Der Adelige hatte das Buch über die Schiffahrt auf dem Bodensee unter dem Arm, das es an Bord zu kaufen gab, und ging, begleitet vom Kapitän, auf einen bärtigen Mann zu. Es schien der Autor zu sein, denn er signierte das Buch. Die Schweigsamkeit des Adeligen schien gebrochen zu sein, denn er unterhielt sich ausführlich mit dem Bärtigen. Es sah geradezu leutselig aus, wie er sich zu ihm hinunterbeugte. Anna Katharina schlich sich an und belauschte die Unterhaltung. Es ging darum, daß beide schon am Achensee und am Gardasee gesegelt hatten. Die »Vorarlberg« fuhr nun parallel zur »Austria«, doch einige Meter hinter ihr, wie im Respektsabstand, dem Hafen von Bregenz zu. Die Stimmung war entspannt, obwohl das Rennen nicht stattgefunden hatte. Anna Katharina begab sich noch einmal in die Kapitänskajüte und berichtete ihre Version von der Nebelmaschine. Der Steuermann, der gerade das Schiff lenkte, lachte. Wahrscheinlich war er der Navigationskünstler, der so gut zielfahren konnte.

»Was soll ich denn jetzt tun, wenn die Schiffahrt aufhört, ich bin doch seesüchtig.«

Der Steuermann überlegte einen Moment, dann meinte er:

»Die nächste Fahrt ist am 4. und 5. November, zum Jahrmarkt nach Lindau. Und besonders schön ist die Nikolausfahrt.«

»Aber da fahren doch sicher nur Kinder mit.«

»Auch große Kinder dürfen mit. Im Hafen von Rorschach begrüßt uns der Hafenmeister Urs Grob, der ist immer besonders lustig.«

»Ist das der mit der silbernen Matratzenfrisur?«

Der Steuermann blickte einen Moment irritiert, dann nickte er.

»Und dann treffen sich alle Schiffe, auch die Schweizer und die Deutschen, auf dem See und bilden einen Stern. Wenn es schneit, ist es besonders schön. Beleuchtet. Und auf jedem Schiff steht ein Nikolaus.«

Das wollte sich Anna Katharina nicht entgehen lassen.

»Und wo ist eigentlich das Blaue Band?« fragte sie noch. »Gibt es das überhaupt?«

»Es hängt im Büro des Direktors im Hafengebäude. Zwischen den anderen Urkunden und Pokalen.«

Da wollte Anna Katharina einmal hingehen, um sich das anzuschauen. Sie verabschiedete sich vom Steuermann mit einem Kompliment für seine Fahrkünste und gesellte sich wieder zu der Tirolerin und dem Wiener Schweizer. Bei der Einfahrt in den Bregenzer Hafen ließ die »Austria« der »Vorarlberg« den Vortritt. Kein Empfangskomitee mit Blasmusik wartete, es war sicher schon bekannt, daß das Rennen abgesagt worden war.

Draußen, wieder auf festem Boden, verabschiedete sich Anna Katharina von ihren Reisegefährten. »Auf Wiedersehen bis zum nächsten Jahr«, riefen der Kraftwerksingenieur und seine Frau zum Abschied, da sie noch zum Zug nach Feldkirch mußten, weil sie ihr Auto dort abgestellt hatten, in Unkenntnis, ob es in Bregenz Gratisparkplätze gäbe. Anna Katharina hoffte, daß ihr Roman bis dann auf dem Schiff zu kaufen sein würde.

Der Euro

Gegen Jahresende, als Anna Katharina von einem Tauchurlaub in der Karibik zurückkehrte, stand vor ihrer Wohnungstür eine schön verpackte Flasche. Die Mailbox enthielt noch einmal eine e-mail von Marinus, der sonst nichts mehr von sich hatte hören lassen:

Unmittelbar nach Weihnachten hatte Marinus im Auftrag seiner Firma mit der Geschäftsleitung der Grömolka in Ravensburg Verhandlungen zu führen. Und obwohl man ihm beredt nahegelegt hatte, über Stuttgart und Ulm zu reisen, zog er es doch vor, seine Reise mit einem kurzen Abstecher an den geliebten Bodensee zu verbinden. Also fuhr er mit dem Eurocity über Luxemburg, Straßburg und Basel nach Zürich und St. Gallen, von da bis nach Rorschach-Stadt, ging dann zu Fuß nach Rorschach-Hafen und gelangte mit der MThB nach Horn. Vom dortigen Bahnhof machte er sich auf den Weg zum Schloß Horn, um Hedy Fischer mit seinem Besuch zu überraschen.

Er stapfte durch den knirschenden Schnee, während er in seiner Manteltasche mit den ersten niederländischen Euromünzen klimperte: 2-Euro- und 1-Euromünzen, dann Münzen zu 50, 20, 10, 5, 2 und 1 Cent, alle mit dem Kopfbild der Königin Beatrix, wenig abwechslungsreich im Motiv, aber konservativ konsequent. Es beruhigte Marinus ungemein, daß diese neuen Münzen einer neuen Währung sich in ihrem Kern nicht von den Münzen unterschieden, die er von Kindheit an gewohnt war. Sie trugen stets das Bild seiner Königin, sei es der Wilhelmina, sei es der Juliana, sei es der Beatrix. Marinus wußte eigentlich gar nicht, warum er im Bahnhof von Rotterdam, als er auf seinen Zug wartete, zwei Startpakete mit den Euromünzen erstanden hatte; denn zahlen konnte er damit erst nach dem 1. Januar 2002. Aber man konnte ja nie wissen. »Tempora mutantur, monetae et mutantur in illis.«

Frierend stand er vor Schloß Horn, und nicht weniger frierend Schloß Horn vor ihm, die schmiedeeisernen Tore wirkten eher abweisend als einladend. Und er erfuhr denn auch, daß sich Hedy Fischer soeben erst zu einem Skilager nach Graubünden begeben hatte. Marinus, der sich bei ihr für ihr Weihnachtsgeschenk bedanken wollte, hinterließ eine Tonkrugflasche sehr alten Genevers und begab sich eilends in das Bad Horn, um sich mit einem verspäteten Mittagessen zu stärken.

Hedy Fischer hatte ihm ein kleines Ölbild von Bad Horn geschenkt, ein Meisterwerk des einheimischen Malers Theo Glinz. In groben Umrissen konnte Marinus die Situation wieder erkennen; doch hatte sich das alte Bad Horn durch den Neubau doch sehr stark verändert. Das Ölbild – wohl um 1950 entstanden – zeigte noch die heile Welt des historischen Bades. »Tempora mutantur, balnea et mutantur in illis.« Aber das Mittagessen hätte auch im alten Bad Horn nicht besser sein können.

Marinus hatte vor, sich im Hotel Metropol in Arbon ein Zimmer zu nehmen. Als er dort ankam, war das Hotel geschlossen. Eigentlich wollte er gleich weiterreisen, um es im Hotel Bahnhof in Romanshorn zu versuchen. Er entschloß sich jedoch, zuvor noch einen Spaziergang entlang dem Seeufer nach Steinach zu machen. Er erinnerte sich dunkel an die Inschriften an der Kaimauer, über die er mit Hedy Fischer diskutiert hatte. Einige davon hatte er sich noch nicht notiert, was er jetzt nachholen wollte, um sie Hedy zu schicken. Mehr oder weniger liefen sie alle auf die gleiche Aussage hinaus:

»Meinst Du, daß wir Menschen jemals dauernd in Frieden, Freiheit und Sicherheit leben können, solange wir unsere Mitgeschöpfe verfolgen, gefangenhalten und abschlachten, um sie aufzu(fr)essen?« Da mißgönnte ihm offenbar schon wieder jemand das zarte Zanderfilet, das er sich soeben im Restaurant Bad Horn genehmigt hatte.

»Die unbegrenzte Freiheit, daß wir denken (= säen) können, was wir wollen, und die unbestechliche Gerechtigkeit, daß wir ernten, was wir gesät haben, das sind die Gaben unseres Schöpfers, mit denen wir unsere Zukunft bauen.«

Und dann, ganz lapidar: »NUR DAS WISSEN DES GEWISSENS IST GEWISS.«

»Lebensgemeinschaft. Uns Menschen ist die Schöpfung anvertraut. Von uns hängt ihr Wohl und Wehe ab, auf uns selbst fällt zurück, was wir in ihr wirken, denn, wenn ein Glied einer Gemeinschaft leidet, leiden alle Glieder.« Vielleicht, stiegen jetzt leise Zweifel in ihm auf, hätte er den Zander doch nicht essen sollen. Und die leisen Zweifel verdichteten sich, als er die letzte Inschrift las:

170

»Des Gewissens Not: Nichts fürchten die Menschen so sehr, wie ihren Tod – aber nichts üben sie mehr, als das Töten von Mensch und Tier.« Also nie wieder Zander.

Zu diesem Entschluß führten ihn aber weniger die Sprüche selbst als das makabre Umfeld, das sich entlang der Kaimauer breit machte. An einigen Bäumen hingen nämlich große Grabkreuze mit lila Schleifen. Am Fuß der Kreuze waren schwarze Inschriften zu lesen: »Diese Bäume sollen gefällt werden.« Das angeprangerte Töten der Tiere wurde hier auf die Bäume ausgedehnt. Um einige Bäume waren auch Nistkästen gebunden, um damit zum Ausdruck zu bringen, daß man mit dem Töten der Bäume auch Vögel tötet oder ihnen ihre Lebensgrundlage entzieht. Damit wurde das Gewissen noch weit mehr aufgewühlt. Immerhin schien es Leute zu geben, die mit einer solchen Ausweitung nicht einverstanden waren; denn an einigen Grabkreuzen war der untere Teil mit der Inschrift gewaltsam abgebrochen worden.

Marinus übernachtete im Hotel Bahnhof in Romanshorn. Der Bahnhof selbst war immer noch eine einzige Baustelle, wie er sie seit dem Herbst kannte. Er freute sich jedoch wie ein Kind, als er im Hafen alle seine Lieblinge liegen sah: die »St. Gallen«, die »Thurgau«, die »Zürich« und die kleine »Säntis«. Schon in einigen Monaten würden sie wieder regelmäßig unterwegs sein. Als er abends am Lagerhaus der SBB vorbeispazierte, konnte er durch ein erleuchtetes Fenster ein schönes Modell der »Thurgau« sehen, ganz in Weiß und mit einem Schornstein. »Tempora mutantur, navigia et mutantur in illis.« Alles änderte sich mit der Zeit, blieb aber doch im Kernbestand erhalten: die Bäder, die Münzen, die Schiffe.

Am nächsten Morgen fuhr Marinus mit der »Friedrichshafen« nach Friedrichshafen. Es war noch dunkel, als das FS »Friedrichshafen« den Hafen verließ. Bald nach der Ausfahrt bemerkte Marinus ein kleines Leuchtfeuer, das in Sekundenabständen immer wieder aufflammte. Das Leuchtfeuer gab ihm ein Gefühl der Sicherheit und Geborgenheit, denn offenbar bemühte sich ein ganzer Apparat von Sicherheitseinrichtungen darum, die Passagiere heil über den See zu bringen. In Zürich hatte Marinus eine Fahrkarte von Zürich nach Friedrichshafen Mitte See gelöst. Sein eigentlicher Zielbahnhof war aber Friedrichshafen Hafen. Er war gespannt, wie man bei der Fahrkartenkontrolle darauf reagieren würde. »Ich kann doch hier schlecht aussteigen«, meinte Marinus zum Fährmann. Dieser stimmte ihm zu; es seien doch immerhin noch 7 Kilometer bis zum Ufer. Und das Wasser sei um diese Jahreszeit wohl auch ein wenig zu kalt. Also löste Marinus um 4 Franken eine Anschlußkarte von Friedrichshafen Mitte See bis Friedrichshafen Hafen. Aber niemand konnte ihm so recht Auskunft darüber erteilen, warum es denn einer Haltestelle »Mitte See« überhaupt bedurfte. Allmählich legte er sich selbst eine Theorie darüber zurecht. Gemeint war eine – in Wirklichkeit nicht existierende – Haltestelle »Friedrichshafen Grenze«, so wie es sie auch in seiner Heimat gab: Rosendaal grens, Nijmegen grens, Venlo grens. An diesen Punkten endeten die Tarifgrenzen der nationalen Eisenbahnunternehmungen. Auf dem Bodensee gab es diesbezüglich aber ein rechtliches Problem. Während die Schweiz ihre Grenze in der Mitte des Sees (»Mitte See«) sah, betrachteten Deutschland und Österreich den See als ein Kondominium, das allen drei Staaten gleich gehörte. Die Deutsche Bahn hätte einer Haltestelle »Friedrichshafen Grenze« niemals zustimmen können; denn für sie gab es keine Grenze in der Mitte des Sees. Die Bezeichnung »Mitte See« hingegen war unverfänglich; die Fahrkarte galt bis zur Mitte des Sees, womit aber keineswegs etwas über den Verlauf der Staatsgrenze ausgesagt war.

Die Verhandlungen in Ravensburg verliefen rascher, als Marinus gedacht hatte. Er wollte daher die Gelegenheit nutzen, auch Anna Katharina Matt eine Flasche sehr alten Genever vorbeizubringen. Doch auch hier hatte er kein Glück. Anna Katharina war über die Feiertage ausgeflogen, so daß er ihr diese kleine Aufmerksamkeit mit einer Neujahrskarte hinterlassen mußte. Er fuhr anschließend nach Konstanz, wo er vom Turm beim Kreuzlinger Hafen zu seinem Mißvergnügen feststellte, daß sich nicht ein einziger Reiher auf der Schilfinsel aufhielt. Bevor er seine Rückreise mit dem Nachtzug nach Holland antrat, ließ er es sich nicht nehmen, auf der Terrasse des »Rheingolds« zu speisen. Er hatte einen phantastischen Blick auf den sich aus dem Bodensee ergießenden Rhein. Links und rechts hatten kleinere Schiffe am Ufer festgemacht, wohl nur, um zu überwintern. In bester Laune schrieb er bei einem Aperitif zwei Bildpostkarten mit der »Imperia« an Hedy Fischer und Anna Katharina Matt und legte ihnen ans Herz, den sehr alten Genever in einem feierlichen Rahmen zu genießen. Diesmal wählte Marinus geschmorte Rehkeule mit gebackenen Pilzen *und pikanten Spinatspätzle. Die Spruchweisheiten von Arbon konnten ihn nicht davon abhalten, ja sie kamen ihm nicht einmal mehr in den Sinn. Zum Essen bestellte er sich einen Pitcher Pils von 1 Liter, um sich die nötige Bettschwere für die Nachtfahrt anzutrinken.*

Marinus zahlte und gab Hubi, dem freundlichen Kellner, ein reichlich bemessenes Trinkgeld. Als der Kellner ihm in den Mantel half, fühlte Marinus wieder, wie die neuen Euros in der Tasche klimperten. Warum eigentlich Euro und nicht Afro, wo doch der Euro zuerst in Afrika, nämlich in den ultramarinen Departements Réunion und Mayotte, eingeführt werden und Europa um Stunden nachhinken sollte? Marinus zog eine 2-Euromünze mit dem Bildnis der Königin Beatrix heraus und schenkte sie dem aufmerksamen Kellner. »Der Euro ist zwar heute abend noch kein gesetzliches Zahlungsmittel«, fügte Marinus wohlmeinend an. »Aber bezahlt habe ich ja schon. Als Trinkgeld ist der Euro aber sicher heute schon zulässig.« Lachend pflichtete ihm der Kellner bei: »Danke, der Herr! Danke, der Herr«. »Wenn ich nächstes Mal wiederkomme«, prophezeite Marinus, »zahle ich nur noch mit Monarchenbildern!« Er nahm sich für seine nächste Reise an den Bodensee fest vor, je eine Rolle 2-Euromünzen mit dem Kopf der Königin Beatrix, mit dem Kopf des belgischen Königs Albert II. und mit dem des luxemburgischen Großherzogs Henri mitzunehmen. Wenn schon im Ausland, dann bezahlen wie zu Hause. Mochten sich die einst so beliebten monarchischen Namen der Bodenseeschiffe heute nur mehr in der »Königin Katharina« behaupten, so leistete seit dem 1. Januar 2002 doch der Euro einen nicht unbedeutenden Beitrag dazu, die Monarchie wenn nicht in die Herzen, so doch in die Taschen der Bürgerinnen und Bürger Europens zurückzurufen.

Auf dem Weg über die Rheinbrücke zum Bahnhof klang Marinus »Erwin, der dicke Schneemann« im Ohr. Ein Gast hatte das Lied immer wieder der Musikbox entlockt; wahrscheinlich wollte er seine letzten Pfennigmünzen noch loswerden; vielleicht mußte er schon übermorgen die Musikbox mit Eurocent füttern. Das Lied erinnerte Marinus an seine Heimat; es gehörte zum festen Repertoire Amsterdamer Drehorgelspieler. Obwohl noch eine lange Nachtfahrt vor ihm lag, fühlte er sich schon fast wieder zu Hause.

Fortsetzung folgt.

ÜBER DIE AUTORIN

Ulrike Längle, geboren 1953 in Bregenz. Schriftstellerin und Literaturwissenschaftlerin. Zahlreiche Buchveröffentlichungen und Auszeichnungen.

In der Buchreihe

Collection Montagnola

sind bislang erschienen:

N⁰ 1: Walter Neumann · »In Worten graben« *(Gedichte)*

N⁰ 2: Hanns Peter Zwißler · »Der Bröll« *(Roman)*

N⁰ 3: Ulrike Längle · »Seesucht« *(Roman)*